非琴经典译文集

象牙塔

〔罗〕卡米尔·彼特雷斯库 著

非琴 译

河北出版传媒集团

河北教育出版社

图书在版编目（CIP）数据

象牙塔 / (罗) 卡米尔 · 彼特雷斯库著 ; 非琴译. -- 石家庄 : 河北教育出版社, 2020.5
（非琴经典译文集）
ISBN 978-7-5545-5815-7

Ⅰ. ①象… Ⅱ. ①卡… ②非… Ⅲ. ①中篇小说－小说集－罗马尼亚－现代 Ⅳ. ①I542.45

中国版本图书馆CIP数据核字(2020)第070999号

书　　名　**象 牙 塔**
　　　　　XIANGYATA
作　　者　卡米尔 · 彼特雷斯库（罗）
译　　者　非　琴

策　　划　杨　才　蒋海燕
责任编辑　乔　珊
装帧设计　于　越
出版发行　河北出版传媒集团
　　　　　河北教育出版社　http://www.hbep.com
　　　　　（石家庄市联盟路705号，050061）
印　　刷　石家庄联创博美印刷有限公司
开　　本　850 mm × 1168 mm　1/32
印　　张　4.75
字　　数　108千字
版　　次　2020年5月第1版
印　　次　2020年5月第1次印刷
书　　号　ISBN 978-7-5545-5815-7
定　　价　28.00元

代译序

卡米尔·彼特雷斯库 Camil Petrescu（1894—1957）是罗马尼亚最著名的作家之一。他出生于布加勒斯特一个邮政官员家庭里。就在他出生的那一年，父母先后去世，他成了孤儿。作家毕业于著名的“圣萨瓦”中学，还在中学时，他就已开始写诗和剧本。中学毕业后，他进入布加勒斯特大学文学——哲学系学习。1938 年获该大学的博士学位。1948 年当选为科学院院士。第一次世界大战时，曾作为志愿人员上过前线，负伤复员后即开始了他的创作和研究工作。他的著作包括小说、戏剧多部，其作品的主要特点是探讨个人与社会的相互关系，其作品对罗马尼亚文学有重要的影响，尤其是他的关于知识分子的作品及心理剧描述影响更大。《狗——弟奥根》的作者所罗门就是继承了他的心理剧的传统。

他的长篇小说《爱情的最后一夜·战争的最初一夜》由非琴译出，1984 年由上海译文出版社出版，此外，他的作品很少被介绍给中国读者。《爱情的最后一夜·战争的最初一夜》准备收入后续的非琴译文文集中。

1950年彼特雷斯库的一部小说集《象牙塔》问世，这也是作者的代表作之一。在这部小说中，作者以深刻的观察、细腻的笔触，为20世纪初罗马尼亚知识分子描绘了一幅幅生动的画像，提出了许多发人深思的问题，至今仍有极大的社会现实意义。

故事集中在一天的下午，紧凑、生动、颇富戏剧性。

在《象牙塔》中，主人公巴乌尔·洛曼内斯科出身微贱，然而他被某部长的女公子看中，于是攀龙附凤，改名换姓，钻进上流社会，摇身一变，成为红极一时的“画家”。从此他钻进“象牙塔”，自以为超然物外，纤尘不染，其实是靠着权势才维持他的“高雅”生活的。伊莲娜仗着她的社会关系，为丈夫洛曼内斯科弄到了民用建筑部出资的四万列伊（钱币名称）订购的六幅订画。与之对照的是，在三个确有才华，但默默无闻的青年画家面前，他却道貌岸然地对他们大加训斥。

和“象牙塔”主人往来甚密的都是一些高踞于人民之上的政客，他们既互相利用，又互相倾轧，报纸上对一个官僚的揭发，不过是为另一个官僚的晋升创造机会，后来者并不比被迫下台者清廉，甚至更贪腐……

又如《手套》中，两个中学的同学不期而遇。在中学时学习成绩最差的季米扬努靠不正当的手段成为商界巨子、百万富翁，过着豪华生活，踞身于“上流社会”，扬扬自得，无忧无虑。在中学学习成绩优异的奥普罗尤成为诗人，他虽然才华出众，却穷困潦倒，连一日三餐都成问题。他虽然愤世嫉俗，但并不想真正改变这个世界，只是梦想资产阶级——具体说，就是他的老同学季米扬努大发慈悲，赐给他一点残羹剩饭——让他分享“上流社会”的幸福，但他又是个知识分子，有着病态的自尊心，别人的怜悯或同情都会刺伤他的心。故事透过季米扬努请他在一家豪华餐厅吃饭时对人物心理细腻的描写，揭露了“上流社会”的卑鄙、无耻和精神上的空虚，并无情地嘲讽了妄想靠别人施舍过上幸福生活的诗人。

在《海鸥》中，我们看到一个靠美貌的妻子和上级鬼混而发财致富的金努竟成了所谓的“贵族”，在黑海之滨拥有一座庄园。他请诗人拉迪玛到他的庄园去。穷困的诗人对景色十分宜人的庄园及金努丰富的园艺知识很欣赏，可当他们一同出去打猎时，金努不顾诗人的一再请求，要他不要开枪打死一只迎面飞来的海鸥，因为在诗人的眼里，那只海鸥是美的象征，然而海鸥却终于死于金努的枪下。后来诗人偶然得知金努曾亲手杀死自己美丽的妻子时，他对金努的附庸风雅和庄园的美的印象全部消失了，他坚决离开庄园。这篇小说写得十分含蓄，富有诗意，主要表现诗人的内心世界。

李庆云

2010年春于沪

目　录

象牙塔

1938年盛夏酷热的一天，新闻界的两个朋友在阿捷内乌姆广场前的小公园里遇到一位奇怪的、上了年纪的先生。下午两点，这时镜面般的柏油路软绵绵的，脚踩上去会往下沉，街上的行动几乎已经停顿，稀少的过往行人都解开上衣，松开领结，而那位古怪的老人却全副盛装，庄严地在路上走着。穿在瘦削的身躯上显得过于肥大的黑西装虽已磨得发出绿色的闪光，仿佛是绸子做的，却仍然保留着昔日的优美风度；砍肩的衣襟上缝着白线，上衣胸前的小口袋里，和密密的针脚相配合，露出一条白色麻纱手绢；翻领上用厚实的带子缘了边，不过那带子已经破旧，织补过了，而且补得相当马虎；尖头的漆皮鞋过去曾经是黑色的，现在已变成暗白色，而且布满裂纹，白色的复鞋套落到鞋面上，耷拉下来的裤腿又落在复鞋套上，形成一道皱褶；白衬衫的硬领松松地裹着他那皮肤松弛、犹如火鸡嗉子般的脖颈儿；塌陷下去的双颊羞涩地藏在蓬松的花白胡子后面，保护着他那羊皮纸似的苍白的面色，不致受烈日曝晒。大概，这位老人在青年时代是身材魁梧、体格匀称的，因为就是现在，尽管他已像一棵弯曲、干枯的橡树，外貌却依旧十分威严。

“瞧，这才是真正的贵族哩，”那个年纪较大的记者说，“即使是在极端贫困的晚年，也能保持自己的尊严。可不像现在这些轻佻的人，那不是，请看。”他把两个店员模样、晒得黑黑的青年小伙子指给他的朋友看：光着头，衬衫领子大敞着，可以看得到汗毛丛生的胸膛，袖子卷了起来；在这商店关起门来午餐的时候，他们正在追赶电车，小跑着穿过阿捷内乌姆广场。一辆崭新的小汽车在饭店门口刹住了车，它那耀眼的光辉更增强了炎热的感觉。机敏的记者向那位穿黑西装的先生点了点头，他客气地抬抬帽檐已经磨得发亮的硬边礼帽，向记者还礼，并张开嘴唇，露出惊奇的微笑。

“这是谁？你认识他吗？”比较年轻的记者好奇地问。

“我个人不认识他，”年长的记者回答，“不过既然经常在阿捷内乌姆广场能碰到他，所以有一次向熟人们打听了一下，这是位什么人物。原来这是鲁斯康努，就是在卡罗尔一世[①]时几乎一直连任几届部长的那个鲁斯康努的儿子。”

比较年轻的记者回头望望，用尊敬的眼光目送着那位向跑马俱乐部新址走去的老先生。

咱们得对记者阁下的情报做一些修正，不过他提供不正确的消息，大概已经不是第一次了。穿黑西装的老人名叫巴乌尔·洛曼内斯科，他并不是鲁斯康努的儿子，而是他的女婿。他到他的俱乐部去，是指望能从一位同事那儿借到一百列伊：就要选举俱乐部的新成员了，凑巧那位同事

① 卡罗尔一世（1839—1914），1881—1914 为罗马尼亚国王。

正在为他的门生征集支持者。头天，这位可能借钱给他的人让老人空等了一天，现在老人饥肠辘辘，满腹怨恨，愤愤不平：不像话，甚至都不能事先给个通知，说是他不来了。渴望参加这个国内最具有贵族派头的跑马俱乐部的人多得不可胜数，可是那里接受会员却有上千个条件。在这种情况下，多增加一票，都贵如黄金。选举前很久就开始进行准备了，对于巴乌尔·洛曼内斯科，这种准备工作意味着，人们会请他吃饭，塞钱给他，不错，只是零敲碎打地给一点儿：越往后，他的行情越低。当然啦，他毫不客气地接受人家的邀请，去吃午饭，这样就自己贬低了自己的身价。然而和他同在一个俱乐部里的会员们却远不是这么容易就被收买的：得给他们在一家大企业的管理委员会里弄个位置，要么是让他们得到其他类似的好处才行。

不过为了更进一步认识这位“古老的贵族”，咱们得暂时把他留在俱乐部里，让他去白白地分泌胃液，咱们自己却要回到四分之一世纪以前，回到由世袭的贵族而不是任何一个暴发户在国内掌权的时代，而在1916—1918战争[①]之后，正是这样一些暴发户攫夺了政治和财政大权，咱们要试一试更加留心细细观察一下第一次世界大战前夕、在那个为人称颂的“黄金时代”里的种种人物和事件。

伊莲娜·洛曼内斯科一个劲儿地给她侄子乔路·鲁斯康努打电话，已经打了整整一个星期了：早上打到家里，白天打到办公室去，晚上打到编

① 指第一次世界大战。第一次世界大战初期，罗马尼亚保持中立，至1916年才开始参战。

辑部去，她却下不了这个决心：有人在一个遥远的地方，一个陌生的、看不见的世界里说出你的名字，而你，纵使是在几秒钟里落入这些人的罗网，也是令人很不愉快的……可是她答应了哈里顿夫人，而上流社会的夫人是应当履行诺言的，不是吗？伊莲娜·洛曼内斯科清清楚楚知道，在上流社会优秀人物中间，失礼就等于犯了死罪。可以相信明显的诽谤（成功的“戏言”甚至会受到鼓励——当然啦，是受到那些未被伤害的人们的鼓励），可以宽恕最肮脏的背叛行为，然而所谓 Schönenheitsfehler[①] 却是无论如何也不能宽恕的。虽然社会上的精英们并不精通从中借用这一术语的那种语言，然而认为已经深得其中三昧，领悟了它那无法言传的微妙含意。在大骗子面前，他们只不过耸耸肩，同时却残酷无情地在小骗子面前砰的一声关上房门，因此毫无办法——伊莲娜·洛曼内斯科许下了诺言。于是在下午五点钟的时候，她提心吊胆地拨了编辑部的电话号码。幸而接电话的是她的亲侄子、主编本人。他们已经有好几个月没见面了。圣诞节时，她好不容易才安排了一次“节日停战”。在那以前，整整一年他们彼此绷着脸，可这都怪谁呢？他从巴黎回来以后，她何必要责备他违背自己的“社会义务”，交结坏人！那时他不但没有听从她的规劝，反而认为受了侮辱，对以后几次和好的尝试都避而不答，从此逃避和亲人们见面。对伊莲娜来说，这是一个打击——老年渐渐临近了，侄子的不友好态度更增加了未来的孤独感，破坏了他们家族还会出头露面的希望。“家庭崇拜”使她的虚荣心得到的满足，大概并不亚于占有一个被女人们的关怀宠坏了的漂亮丈夫。她，一个日渐衰老、手上青筋嶙嶙的女人，曾经和一些比她年轻

---

① 德语：对美的侮辱。

得多的情敌一争短长。而“家庭崇拜”的象征是一幢古老的、地主的大宅邸和她的侄子——“1870年光荣的一代”某位前部长的、除她而外的唯一后裔。如果读者不知道，第一次世界大战前夕，在罗马尼亚社会生活中，“前部长”这几个字具有多大分量，那么对他来说，伊莲娜·洛曼内斯科的自豪感只不过是有名无实的一句空话而已，而那时，一张印着“前议员”的名片却能使人浑身战栗。这把钥匙可以打开任何人家的门户，在这个拥有六百万居民、宪法上明文规定取消了贵族称号和各种爵位的国家里，等级的偏见竟是这样强烈。

“乔路，亲爱的，姑妈求你今天一定要来我们这里。”这个除了虚荣不知有其他感情的女人，用拐杖撑着身子，在当时最时髦的、装在墙上的电话前伸长脖子等待回答的时候，全身都缩紧了。

从电线的另一端传来了：“不，妈妈”（他管她叫妈妈，因为是她把他抚养大的），声音是那么轻，那么无精打采，以致她认为可以再坚持自己的要求。

“你来吧，乔路，心肝，今天你来一趟吧，巴尔[①]也会高兴的。”

她弄错了——他的拒绝听起来那么温和，恰恰是由于决定是坚决的，他觉得，这一决定犹如一艘急欲驶往遥远目的地的航船正在缓缓地、一去不复返地离开港湾。

“姑妈，难道你不能明白吗，你们那个小天地里的风波再也不会让我激动了。对我来说，这是一个僵死的世界……一具正在腐烂的尸体……”

回答出乎意料的残酷无情使伊莲娜感到完全绝望了，她以勉强做作

---

① 巴尔是巴乌尔的爱称。

的轻松语调，含糊不清地低声说：“得了，得了，我的这个世界器量并不小，它不会见怪；不过你也可以离开你那些社会主义者们，离开那么半个钟头，你不会因此而吃亏的。”她要了个纯粹是女人玩的花招，又补上一句：“就只邀请了西内什狄夫妇。”她知道，玛丽娅·西内什狄对她侄子是最好的诱饵。乔路果然上钩了。虽然是出于一些不同的考虑。他好久没有回答。伊莲娜好像觉得，沉默本身正在耳机的膜片上跳动。终于他的声音又以其温和的语调欺骗了姑妈，回答说：“我来，姑妈，我午饭前来。”

她大喜过望。当然啦，她找他并不是为了老太婆哈里顿，她只不过是想和他见见面，虽说他，这个孩子，这个三十岁的男人比她还要固执，可是没有他，未来对她来说就好像是一片景色凄凉的沙漠。

欢欣鼓舞的伊莲娜着手收拾画室，画室里充满绘画世界特有的那种乱糟糟的现象——巴乌尔·洛曼内斯科在精心培育杂乱无章，他认为这是画家生活中不可分离的一个组成部分。她把那些丢在地板上的樱桃色靠枕整整齐齐地叠放在一起，把一幅幅马马虎虎随手乱塞在各个角落里、装着沉重画框的画对称地陈列起来，最后打开通往凉台和花园的房门，花园里金光灿烂，到处闪耀着午后的阳光。

洛曼内斯科的宅邸坐落在贵族区里，就在巴吉什捷大街和斯卡乌内小街的交叉点上。宽广的花园占据了整整一个街区，一道加扶壁的、厚厚的砖墙把花园和三条街道分隔开来，围墙高极了，从外面只能看到园中栗子树的树冠。墙上长了一层青苔，还贴了些戏报和其他乱七八糟的东西，特别是在后面的两条街上。无论是房子，还是花园，都像是已经荒废，铁大门上那块镌刻着“当心，恶狗”的金属牌毫无作用地锈坏了。多少年来这儿见不到一个活人。主人们住在国外，仆人们悄悄地在干他们自己的事情。在故事谈到的这个时期，画家巴乌尔·洛曼内斯科和他的妻子伊莲娜终于回到了故乡，把这处古老的地主庄园稍稍修整了一番。要大修的话，需要一大套开支，而他们夫妻俩在外国花钱已经花得相当多了。因此主要的是把朝东的一间宽敞的大房子彻底翻修了一下：把它改成浴室，并铺上了瓷砖地板。住宅前部，也是相当大的三间房子，拆掉中间的隔墙，于是就成了主人宽敞的画室。三扇朝西的窗户连成一排宽大的窗子，就像橱窗那样，上面有三个拱顶把它们联结在一起。装着雕花玻璃的双扇房门通向凉台。窗下地板稍许高起一些，形成一块如同平台样的宽阔的地方，有两级台阶通上去。除了画架，那里还放着一架黑色的大钢琴——闪闪发光的琴盖上漫不经心地丢着一条波斯披肩。而且整个画室颇具有时代精神，具有那种由于龚古尔兄弟①而风靡一时的“艺术”精神；它也不知是像堆放着许多破烂的顶楼呢，还是像一家古玩店。陈旧的、东拼西凑的家具，到处都是帷幔、锦缎，两三张矮矮的长沙发上蒙着深色的布套，一对一人高的小玻璃柜，里面塞满了各种小玩意儿和许多贵重然而无用的东西，那个时代喜欢这些东西简直到了发狂的程度。许多镶在华丽画框里的画，有的挂着，有的立着，乍一看上去，好像都是随手放在那里，不过行家却能看出，对它们的布置是经过周密思考、颇具匠心的。

五月的一天，壮丽的夕阳的斜晖穿过窗外盛开的丁香花丛，这时巴乌尔·洛曼内斯科正坐在钢琴前，聚精会神地弹奏贝多芬的乐曲；他已经有

① 龚古尔兄弟：爱德蒙（1822—1896），朱尔（1830—1870）。法国资产阶级自然主义派作家，著有长篇小说《热米尼·拉费德》（1864），《勒内·莫普兰》（1864），《龚古尔日记》九卷（1887—1896）等。1896年建立了龚古尔学校，并设置龚古尔文学奖金。

五十岁了，可是看上去仍然是一位仪表堂堂的男子。

几绺稍稍稀疏了的长发从没有一丝皱纹、缓缓向下倾斜的前额上耷拉下来，与此形成对照的，是好似宫女般漆黑的眼睛下面，眼皮浮肿，双颊也是苍白的。法兰西式的胡子仿佛两缕丝线向嘴的两边缓缓流去，嘴唇的神情是疲惫的。胸前一条细带子上挂着个单眼镜，华丽的长袍用的是厚实的黑绸料子，上面织着金花，好似外交官的礼服，脚上是一双家常穿的漆皮鞋。手指上戴满了戒指，不由得会让人产生怀疑——那些宝石是不是都是真的。钢琴旁站着伊莲娜·洛曼内斯科——一位干瘦的夫人，年纪也有五十来岁了。她看上去好像比实际上要高一些，因为她只穿黑色衣服，力图给人造成极其文雅的印象。黑色的竖领紧裹着她的脖子，黑色的花边如同云雾，几乎升到耳边。她右脚微跛，走路时拄一根杖头十分雅致的乌木手杖。显然，即使在青春时期，美丽也并不是她的特点；这位身躯细长、筋肉强壮、下巴尖尖、很像个家庭女教师的女人，是用什么迷住了惯于在自己周围只看到美而且本人就是一位美男子的画家呢，这只能让人感到惊讶。她默默不语，等待着她刚刚发来的那段冗长谈话的回答，可是他并不停止手指在键盘上轻快的滑动，只是心不在焉地拖长声调说："嗯——嗯，我在听着呢……"

伊莲娜困惑不解地耸耸肩。

"可是，都讲完了……你应该答应下来。"

他连看也不看她一眼，懒洋洋地、不容争议地脱口而出："不。"

"为什么？旁人要是处在你的地位上，准要高兴死了。"

他的一种显示自尊心受到侮辱的姿态把单眼镜搁在一只眼睛上，用谴责的目光向她打量了一眼。

“火车站？叫我去画普洛耶什蒂[1]的火车站？”

伊莲娜把发白的嘴唇瘪了瘪，犹豫不决地接下去说：“第三幅画要画港口——轮船，起重机……”

业余音乐家气愤地猝然中断了演奏，双手撑在膝盖上。在他悦耳的声音里含有愤怒的意味：“而且那是自然啦，伊莲[2]，千万可别忘了画上船长，是吧？”

妻子尽可能沉着地证实说：“自然啦，港口管理局前得画一个身穿制服、正在举手行礼的船长。”

画家勃然大怒，挖苦地问：“不言而喻，管理局上空还得有一面国旗在迎风招展啦，对吗？”

伊莲娜鼓起勇气，她感到很窘，可是十分固执，在这一瞬间活像一个身穿黑色制服的宪兵。

“我想，是的……要知道，他们想把这六幅画都挂在民用建筑部的会议厅里，因此要求反映出这个部的主要成绩……”她递给他一个像皮包那么大的、政府用的白色信封：“这不是，你瞧，这里有六张照片：卡罗尔一世国王大桥，普洛耶什蒂火车站……”

巴乌尔·洛曼内斯科悲哀地打断了她：“我不能，伊莲……”

黑衣夫人用手杖头把铺在平台上的白熊皮的毛拨得蓬松起来。

“为什么呢，我不懂……难道这事那么难吗？”

“正是如此，伊莲，你是不会懂得的。有什么好说的呢，你是无罪

① 普洛耶什蒂是罗马尼亚一个省的省会。

② 伊莲是伊莲娜的爱称。

的，你的智力不算太丰富……对你来说，是天堂……可是只要你还是我的妻子……这也是痛苦的。”

她对侮辱毫不在意，现在她直对着他，甚至是威严地直瞅着他。

“说实在的，我看不出你为什么不画这几幅画。既然是人家请你画的，不是吗？他们是给钱的呀。”

他从能转动的凳子上跳起来，情绪激动地大步走来走去。

“可我是个画家呀，伊莲，而一个画家却宁可上吊，也不会照着照片去给什么办公室画你的这些车站和港口。难道我是为了这个在巴黎、在官方的沙龙上展出吗？”

“可是莫非我，作为你的妻子，没有权利求你做点什么事情吗？我答应了西内什狄，他们也在部里答应了下来，说是一定会说服你。人们在等待着你的帮助。”

他愤懑地耸耸肩：“当然啦，当然啦，你有充分的权利对任何人答应任何事情……也可以求我去做，鬼知道是要我去做什么，不过惹得我冒火，气得我发狂，不住口地责骂我，你却没有这个权利。”

他并不坐下来，就站着弹了一个和音——他的姿势流露出愤怒的心情，不过仍然相当优雅。面容消瘦、痛苦到极点的黑衣夫人深深地呼了口气：“这是我不住口地责骂你吗？谢谢你说的话……如此说来，你对我原来是这样的看法！你一定还要说，我是个凶恶的女人，是个爱嫉妒的女人，不准你带女的进入你的画室吧。”

巴乌尔停止了演奏，可是手指并未离开琴键。

“你是个模范，你是位圣人……你一定会升入天堂的，不过，我再重复一遍，只要你还是我的妻子，那么这是十分痛苦的。”

他坐到凳子上，俯在钢琴上面，姿态优美，聚精会神，弹奏起《热情奏鸣曲》的主旋律来。然而贝多芬的乐曲显然是他力不胜任的。他没有足够的精力弹出最强音，更不用说弹奏那结构严谨的平调了：一会儿好像是猛击键盘，一会儿却又拖泥带水，只听到一阵虚弱的沙沙声。每当他想象，有一位美貌的妇女听着他姿态优美、神情慵倦地弹琴，或者当他终于能够说服一位上流社会的夫人在他工作时为他演奏，并且让她深信，只有音乐能使他产生灵感，每当这种时候，他最爱的就是音乐了。

有那么一会儿工夫，伊莲娜不敢打断他的音乐练习。她站在一幅画前等待着，这是一位美艳绝伦的夫人的全身肖像，她戴一顶淡紫色天鹅绒宽边帽子，上面缀有同样也是淡紫色的鸵鸟羽毛。她的脖子上围一条当时最流行的、仿毛皮的淡紫色鸵鸟绒围脖。其实，只能看到半边身子：给这位夫人画的是侧面像。樱桃色的衣服紧紧裹住矫揉造作的身躯，好像大写字母 M 上的第一竖笔，越往下去越窄，最后这一笔写完，是一个尖尖的鞋尖。这幅画放在画架上，似乎是刚刚画完，然而四壁还有那么多精美的肖像，就这样摆在地板上，把画室装饰得十分漂亮，而且所有这些画不管怎样千变万化，其基调却总是淡紫色的。

稍稍犹豫了一下，伊莲娜开始进攻了："你听我说，巴尔，再过几分钟，西内什狄和他的夫人就要到这儿来了。我请求你说一声'好的'……"接着又压低了声音，加上了一句："归根结底，这是四万列伊啊……我们可以在曼顿纳[①]买一所别墅，差不多可以在拉祖尔河畔住上整整一年……庄园的事我亲自来经营，一年当中在家里住三个月，和从前一样……"

---

① 曼顿纳：法国南部城市，滨地中海，是一个疗养胜地。

他冷酷无情地从钢琴旁边站起来。

“那好吧，伊莲，我同意了……只是，”他捋了捋丝线般又亮又软的胡子，“不要任何船长，也不画三色旗……”

她感到踌躇了。

“不过如果他们要求画船长和三色旗呢……不然的话，大概是不行的。”

巴乌尔拿起那个做成大甲虫样子的红色金属烟灰缸，恶狠狠地敲敲钢琴盖子。

“旗子——那就照办吧，”并且恳求说：“可是船长呢？”

“没有船长是不行的。”

狗尖声狂叫起来。

“莫非是他们吗？好像再没有别人了。”

仆人走了进来：短短的砍肩紧贴在他的身上，白色和咖啡色的条纹相间，黑色绸料的袖子。

“是西内什狄老爷和他的夫人吗？”伊莲娜略感惊奇地问。

“不是，是一位先生，他说，要找西内什狄老爷……”

“在这儿，在我们这儿吗？像什么话！西内什狄先生把我们的地址交给了别人，就像这儿是一家旅馆！”画家勃然大怒，把一支烟嘴镀金的雪茄揉灭在烟灰缸里。

“他说他待会儿再来……他需要和西内什狄老爷谈一谈。”

看到他们困惑不解的目光，作为回答，他把一只血淋淋的手拿给他们看：“叫颈圈擦破的。好容易才把狗拉住，不然的话，它真会把外人咬死的。”

巴乌尔愤怒地举起双手，冷嘲热讽地说："就是这样，他还说要回来吗？不，看来两条猛犬还嫌太少，再买四条来。"

伊莲娜胆怯地检查了老听差手上的伤口。她从浴室里拿来绷带，给他包扎起来，转眼看看她的丈夫，他又在钢琴旁坐下，对受伤的人连一眼也不看，"可他们本来是兄弟啊，"对这个人破釜沉舟、坚决与过去决裂的冷酷和果断，伊莲娜不无钦佩地低声说。他成了另一个人，甚至完全不顾骨肉之情了。

三十年前，前部长塔凯·鲁斯康努的女儿在巴黎学习绘画。对于一个上流社会的女孩子，为了到国外去，为了能在巴黎度过一段自由的大学生活，摆脱那不可避免的、严格的家规和经常的关怀，同时也可以逃避结识下等社会里和自己年龄相仿的女伴，这是一个通常的借口。在巴黎，伊莲娜·鲁斯康努经常在她母亲的女友哈里顿夫人那儿吃饭；这是一个寡妇，她所以要住到法国首都，是为了她在这儿学法律的儿子。伊莲娜·鲁斯康努二十岁的时候比她五十岁时还要难看得多。

她的外貌像她父亲：简直就像华格纳[①]，只是脸上没有络腮胡子，而是长着些淡黄色的细毛。她父亲是个大胆果断的政客，不仅敌手，就连他的战友、部里的同事们，也都有点儿怕他；她从父亲那儿继承了如饥似渴的权力欲望，同样还有那粗野的、虽说是已经加以控制的情欲。这个女人终生引以为憾的，是没有生为一个男人，也不能继续她怀着自豪感说出的她父亲的事业。

---

① 华格纳（1813—1883）：德国著名作曲家。

就像跳卡德里尔舞[1]时，在一个舞式里男女舞伴交换位置那样，伊莲娜的兄弟长得却很像母亲，完全继承了她那温柔、梦幻的美。格里高烈·鲁斯康努，乔路的父亲，被认为是家中的红颜少女，而怪模怪样的伊莲娜却像一个意志坚强、相貌丑陋的男子——这都是由于无法解释的染色体的任意胡来，连孟德尔[2]定律对此也只好甘拜下风。哈里顿夫人是个会过日子的女人，她从布加勒斯特随身带来了两个家仆，好让他们，用她的话来说，在巴黎接受文明的熏陶，他们是她一个侍女的儿子，这异父同母的两兄弟长得如同古希腊罗马的雕像那样英俊，母亲死后，他们都成了那同一位女主人的仆人。年长十岁的彼得慈父般照顾杜米特鲁，也就是后来摇身一变，成为巴乌尔·洛曼内斯科的他的弟弟。

画家的飞黄腾达是从他二十岁那年在瓦日拉尔大街上一个画室里当模特儿时开始的，伊莲娜·鲁斯康努就暂时住在那里。起初她不得不为了他跟哈里顿夫人讨价还价，但不久他就拒绝再在老爷们家里当差，完全献身于新的职业了。伊莲娜·鲁斯康努的女友们，还有一些朋友们，常到她的画室里来——和这样一个仪表堂堂的模特儿一道工作一会儿，只能让人感到愉快。有意把这位美男子留给自己，于是这个不漂亮的姑娘——薄薄的嘴唇，嘴巴稍有点儿歪，大鼻子和充分发达的、像父亲的下颌——开始给他讲授绘画课程。将来，杜米特鲁·加曼的踪迹逐渐消失：一些年轻人现在已经是作为朋友到巴比松[3]去，在那些年代里，那里还依稀保留着对印

---

① 卡德里尔舞：四人组成两对，包括六个舞式的一种舞蹈。

② 孟德尔（1822—1884）：奥地利遗传学家。

③ 巴比松：巴黎附近的一个村庄。19 世纪 30 至 60 年代，法国一些风景画家在那里工作，形成“巴比松派”。

象主义者的回忆，那家墙上爬满常春藤和金银花的古老的小酒店里，还经常有西奥多·卢梭、米勒、科罗[①]和伟大时代其他各位大师的追随者，吞云吐雾，叼着烟斗，在那里聚会。

就这样渐渐地形成了巴乌尔·洛曼内斯科。“一个机灵的罗马尼亚人”神奇的适应能力，在社会上乃至文化上随波逐流的本事，把一个在餐厅和厨房的小窗户之间长大的青年变成了一位具有上流社会风度的巴黎画家。不言而喻，如果没有从两千波高[②]上收获的小麦，没有前部长女公子的社会关系，如果不是那位不惜任何代价、渴望把皮格马利翁[③]的经验颠倒过来的女人贪婪地抓住他紧紧不放，这一变化是绝不会实现的。在巴比松森林里发生了那次不幸事件之后，她的渴望更变成了狂热：她从马上摔了下来，获得一个形影不离的伴侣——一根乌木手杖。真是怪事，这根手杖和微微跛足不但没有使她变丑，反倒使她那像男人一般咄咄逼人的动作变柔和了，不但没有损害，也许反而增强了她那天生的炽烈的情欲。现在她脑子里有一个顽强的念头：偏要气气那些瞧不起她的美人儿，一定要占有一个出类拔萃的男人——在街上，女人们都会向他，这位衣着华丽、养尊处优的人惊讶地转过身来，达到自己的目的以后，伊莲娜丢掉了绘画，而且她自知毫无天分，从来也没有认为自己当真是一个画家；她忙着去照料丈

---

① 西奥多·卢梭（1812—1867）：法国风景画家，巴比松派画家之首。让·弗朗索瓦·米勒（1814—1875）：法国现实主义画家。名作有《拾穗人》等。让·巴蒂斯特·卡米耶·科罗（1796—1875）：法国杰出的写生画家。

② 波高：罗马尼亚土地面积单位。

③ 皮格马利翁：希腊神话中的人物，是一位艺术家，塞浦路斯的国王。据说他因蔑视女性，受到爱神阿弗洛狄忒的惩罚，爱上自己塑造的少女像。后来雕像变成真人，成为他的妻子。

夫的事，起初她连一秒钟也没有相信过丈夫的天赋，然而既然相信了，就把它当作自己的发现，开始骄傲地为他大声鼓吹，她父亲死后，从布莱伊拉附近庄园里榨取来的收益，使她有可能在塞纳河畔沉醉于幻想之中。而巴乌尔（当然啦，由她说出来，就是巴尔了）越是对新的社会地位感兴趣，他就越是希望忘记自己的出身，特别是在哈里顿夫人家里，戴着白手套，一只手放在背后，伺候人家吃饭的那一段岁月。

到最后，除了他们自己，就只剩下三个人了解这一微妙的家庭秘密了：他的哥哥彼得（为了随时随地监视着这个见证人，巴乌尔把他收留下，作为自己的仆人，并改名为约瑟夫，让他诡称出身是一个低音歌手），年事已高的哈里顿夫人和她的儿子——司法部部长。约瑟夫的情况是这样的：这儿的条件比在外人那儿要好一些，再说他还是在他始终敬仰和崇拜的弟弟家里当差。然而，岁月流逝，他们似乎连他们本来是亲兄弟这件事，都已经忘记了。上流社会待人接物的分寸至今在对哈里顿夫人和她儿子起着制约作用，况且他们对画家一直垂青，大家公认的画家的锦绣前程正是在他们家里迈出第一步的，因而他们对他的弱点采取宽容态度，用自己的沉默鼓励他为自己编造新的家谱，这家谱虽然相当离奇，不过就其本质来讲，却也无损于任何人的名誉。然而已经有两个星期了，恐惧和失眠在折磨着伊莲娜，使她日渐憔悴。如果乔路·鲁斯康努继续大张旗鼓地对哈里顿先生发动进攻，那么部长自然会忍无可忍，其后果对巴乌尔·洛曼内斯科，而且也意味着对她，将绝不会是愉快的——伊莲娜知道，在某些情况下，人们会不择手段，什么事情都干得出来。暂时事情还仅限于哈里顿先生的抱怨，可是天知道他接着会采取什么行动。伊莲娜·洛曼内斯科对她自己不敢完全承认，首先是对自己名誉的担心，迫使她顽强地寻找并急不可耐地等待着她的侄子。她在保护她那位神经质而又敏感的丈夫，经常向他暗示，他躲在她的背后，就像躲在一堵石墙后面，不过除此而外，她是如此重视家庭荣誉，如果一件她私下里会称之为有失身份的婚姻被揭露出来，对她自己也没有好处；而且成为社交界谣诼纷纭的对象，从而为在上流社会中的竞争带来致命的后果，这样的前景对她是绝不会有什么吸引力的。

巴乌尔·洛曼内斯科终于丢开了热情奏鸣曲，说是要去换衣服了。

“这又是为了什么？”

他困惑不解地指指自己的长袍和漆皮鞋，这身打扮使他好像一个穿着睡衣的退休骑兵上校。

“我去脱掉长袍，换双鞋子……”

“我真认不出你了……从什么时候起，你认为穿着长袍接待夫人是不体面的？是特意为了玛丽娅·西内什狄去换衣服吗？可疑……如果我是个妒妇呢？”

“不是如果，而是正是。”他一面收拾乐谱，一面向她投以讥讽的目光：“你可以认为，这只不过是为了表示尊敬……她是一位出身名门的妇人……”

“这是妇女中唯一让你尊敬的一位。这你可得好好寻思寻思……不过，乔路打电话来，说他也要来。”

他愤怒地把乐谱扔到钢琴上。

“这‘不过’是什么意思？里面有什么暗示？”

“就这么说说，我只不过想说，即使你和她两人四手联弹，一起演奏奏鸣曲，这还并不意味着，她是看在你的分儿上到这儿来的。”伊莲娜拉正了花边，狡狯地不作声了。“不过也许我说得不对……”

巴乌尔在想象中用力挥手狠狠地向妻子抽了一鞭。

“傻瓜……”说着透过单眼镜鄙夷地瞅了瞅她。

“哟，照你看来，我是个傻瓜吗？那么，至少你可以当面听到点真话……”有时她允许自己说几句尖刻话，不然他可要完全放肆起来了。“我深信，她到这儿来只不过是希望能遇到乔路，这跟你可毫无关系……”于是她带着满脸狡猾的神气看起照片来，一面斜眼阴险地瞟瞟她的丈夫。

巴乌尔坚决地走到她的跟前。

“是他自己打电话说要来，还是你叫他来的？你坦白地回答。”

“嗯，是我叫他来的……老太婆哈里顿来找过我，她是那么不幸……”

五月的落日长长的余晖照射到房门玻璃上，上面的花纹闪闪烁烁。

“哈里顿夫人吗？”巴乌尔惊奇地问：“你忘了吗，她差不多可以算是我们的亲戚呢……忘了她是司法部部长的母亲吗？乔路的报纸完全下流无耻地攻击她的儿子，已经攻击了两个星期了……多么卑鄙……昨天她在我这儿，在楼上坐着的时候，我觉得难过极了……是一位上流社会的夫人……一位真正的 grande dame[①]……只要想想看，她都快八十了……我永远也不会忘记，她是妈妈最好的朋友……你想象一下：她一面用小手绢在擦眼泪，一面告诉我，为了我侄子的诽谤，她儿子感到多么痛苦……他甚至想辞职不干，退出政府……我答应了她，今天一定要和乔路谈谈……”

“你想要怎样呢，要知道，乔路是一个真正的鲁斯康努……御前侍臣

---

① 法语：高贵的夫人。

鲁斯康努的真正的后裔……最后一个后裔，et cetera，et cetera[①]……”

伊莲娜提起衣襟，显得更高、更瘦了。这句 et cetera 超出了她所能忍耐的限度。她把系在金链上的颈饰紧紧地攥在手里。

“请您听着，巴乌尔，您没有权力……”

他从窗口向她走近一步，满脸尖酸刻薄的神气，准备冷嘲热讽，狠狠地挖苦她一顿：讽刺是他唯一可以使用的自我解放的方式……

“您？啊哈，如此说来，这是当真了……”

“是的。在您那儿没有任何事物是神圣的……您蔑视一切，嘲笑一切，您是个叫人讨厌的自由派……不过我请求您不要失去分寸，不要挖苦我的家庭。”她稍稍降低了声调，又改用“你”字。“看在上帝的分儿上，如果你断言，画家必须生活在裸体女人当中，那么随便你把什么人带到画室里来，这都悉听尊便……不过我深信，一个真正的艺术家绝不会讥诮一个有七代人闻名于世的古老家族。”她皱着眉头，悲痛地结束说：“乔路走上了不正确的道路，这不能怪任何人……他还年轻，对人还认识不清，还不懂得生活……如果他父亲还活着的话……一切就都是另一个样子了……”

这个坚强、刚毅的女人具有一种实用的嗅觉，她一生都把这种嗅觉和现实感混为一谈，因为没有人给她解释过这两种如此截然不同的概念之间的本质区别；她可以做任何让步，然而无论以何种借口，她也决不接受对过去的批评，特别是批评她自己家庭的过去，她认为自己就是这个家庭的女祭司，而且或多或少已经成为一种强大的力量。巴乌尔明白，他是走得

---

① 拉丁文：等等。

太远了，于是和解地说："可这是谁的过错，是谁叫他到巴黎去考取学位的？他不是在巴黎，又是在哪儿学会现在这种蛊惑宣传的呢……姑妈的心嘛……偷偷地拿钱给他，庄园里的收益，可是要知道，这部分地也是我的钱，难道不是吗……有三年时间我不知道，他不仅是在我们家里吃饭，还每月从你那儿得到三百法郎……整整一笔财产……"

"照您的看法，三百法郎是整整一笔财产吗？可是是谁成千上万任意挥霍的？您可以跟我解释一下吗，比方说，您为什么要花三千列伊去买一张佛罗伦萨[①]的桌子？……你要它有什么用，这张佛罗伦萨的桌子？"

巴乌尔先把一幅弄歪了的画摆正，那上面画的是一个女人的全身像，她穿一身淡紫色衣服，戴一顶火枪手式的宽边大帽子，样子十分文雅。然后他又久久地抚摸着白色百合花的花瓣，百合花正以一种近乎疯狂的自戕的激情向画室里散发出大量醉人的芳香。

"伊莲娜，我当然可以解释，不过有什么用呢？不是吗，你不会懂得，这是完全显而易见的……你不能理解，一个艺术家在美的事物面前是无法坚持的……他宁可不吃饭。为了使他目送心醉的东西，也要掏出他的最后一文钱来。"

她那布满皱纹的眼皮眯缝起来了，眼睛突然一亮。

"请允许我说一句，在这种情况下，我当真是什么都不懂。照我看，你无论如何也不会放弃一顿精美的午餐……"

"像你这样吝啬，还会有精美的午餐？你真是把普通的饮食看作过节的酒宴了！"

---

① 佛罗伦萨：意大利城市，文艺复兴时期的文艺中心。

“当然啦，对你来说，午餐时没有香槟，这就已经不算午餐了……顺便说说，你换衣服去吧，既然已经决定了，西内什狄夫妇要在这儿吃饭……他们在，乔路也在。”

巴乌尔在模仿德·列卡米埃夫人[1]风格的长沙发靠枕中间寻找他的烟斗，在谈话的时候，烟斗有时能使他富于表情地默默不语。

“就去，只是你得先把菜单告诉我。我可不像你，还没有忘记羞耻……谁也没有责成你请人来吃饭，不过既然你已经请了，那就不要丢脸。我事先告诉你：单有果子酒和茴香酒，那太少了，得有两种艾根酒，白的和红的，这是开胃的……下酒菜可别让我看到齐墩果和可怜的小肉饼。要么来点儿黑鱼子，要么就干脆什么也不要。上过汤以后，照上流社会的派头，要求再上六道菜……还有……我注意到，现在你开始把香槟酒直接装在酒杯里送上餐桌——因为酒是罗马尼亚的，你觉得不好意思。这么着，可别玩这套骗人的把戏。当然啦，装在酒杯里，看起来效果要好得多，然而把罗马尼亚的劣等饮料偷偷塞给客人，这种欺骗行为是下流可耻的……如果你哪怕多少懂得一点点艺术，如果你哪怕有一丁点儿鉴别力，你一定会为自己这样不懂人情世故而大吃一惊的。”

“得了，得了，够了，”伊莲娜简短地说。狗又狂吠起来，她催促他说：“去吧，快去穿衣服吧。”

巴乌尔用愤怒的目光朝妻子扫视了一眼，顺着三磴台阶跑进卧室。伊莲娜匆匆地把房间最后收拾了一下——也就是尽可能减少那种艺术家的杂

---

① 德·列卡米埃夫人（1777—1849）：巴黎一个著名沙龙的女主人，她的沙龙在当时是时髦的政治和文化中心。

乱无章，摆正靠枕，理一理花瓶里的花。西内什狄夫妇由仆人陪同着走了进来。玛丽娅·西内什狄艳丽动人。她那双大大的黑眼睛不停地变换表情，正像她那轮廓优美、神情多变的小嘴一样，碧玉色的连衫裙，白色开司米的短披肩，当时流行的宽边帽子，构成了她的全套服装。很容易猜出，立在地板上的那些画里，有一幅装着贵重画框的画，就正是以这位夫人为模特儿的。她的丈夫高昂着头，结实的身躯上穿一套很合身的藏青色西装，上面有一条条很细而且很稀的白色条纹。虽然西内什狄先生那浓眉连成一线、骨骼粗大的脸上刮得光光的，可是两撇像友情戏团里穿紧身运动衣的斗士留的那种朝上卷起的胡子，却赫然引人注目，肩上挎着绶带，上面挂满了奖章。

年轻的妇人姿态优美地动一动肩膀，让白色短披肩滑落到蒙着樱桃色长毛绒的英国高背安乐椅上，然后面带天使般的微笑，转过身来，对着房子的女主人，随便吻了吻她。

“伊莲娜，你知道吗，狗不再对着我叫了。”

“那么它们是对着谁叫呢，请你说说看？把我们大家都惊动了。”

“对着谢尔邦……我第一个走到大门口，去揿门铃。他留下来对司机吩咐几句话……两条狗看到我高兴得跳起来了……可是谢尔邦一来，它们就发疯似的狂吠起来……”

“从去年它们就记得你了……你和巴尔在花园里散步的次数那么多，对于它们来说，你已经成了自己人了。”

西内什狄正以行家的神情细细观赏立在窗边角落里的一幅图画，这时微笑着插嘴了。

“在花园里？这片在城市中心的森林，夫人您竟称之为花园吗？我不明白，为什么直到现在你们还不把你们的雪松卖掉？一部分一部分地卖——这儿简直有整整一个林区，不是吗？”

“巴尔不想卖……他需要在嘈杂的市声中幽静独处，在园林里散散步，又用不着担心遇到庸俗的好奇……不然的话，他就不能工作……总有一天这花园会出名的……他为它画了多少画啊……单是落日，至少就画了三十张……”

几幅宏伟的油画仿佛从墙上大声宣扬洛曼内斯科对落日的热爱，油画都装在笨重的镀金画框里，像在陈列馆里一样，带有标明作者姓名的金属小牌，而画面上落日的色调，千篇一律，总是淡紫色的。例如，在面墙上，仿佛蒙着紫色天鹅绒的冬季的落日，掩映在几棵高高的杨树淡紫色的侧影之间。另一幅画上，还是那同样几棵淡紫色的杨树，正在为五月里西沉的落日送行，树下已没有积雪，而代之以一丛丛的灌木，似乎繁花盛开的丁香冲破了调色板的局限。东一块西一块色彩鲜明的火红色斑点，表示晚霞满天，红遍大地。最后还有一幅，画的是一轮明月升起在那些熟悉的淡紫色杨树的上空。一道金黄色的月光罩住它们的轮廓，反光落在一些暗紫色的斑点——印象派画家所看到的花坛和树丛——上，一切都沐浴在淡紫色的轻烟薄雾里。

谢尔邦·西内什狄心里一直还在想着大门口那些猛犬对他的接待，他站在他妻子的一幅肖像前，画上的她穿一身樱桃色衣服，虽然画像时她穿的衣服是暗绿色的，他问：“这些塞伯拉斯[①]是谁给你们弄来的？”

“我自己，”巴乌尔·洛曼内斯科一进来正听到他的问话，匆匆回答

---

① 塞伯拉斯：希腊神话中看守冥府大门的三头怪犬。

说，“为了物色它们，我找遍了全法国，我需要受到保护，以免遭受罗马尼亚议员的侵犯。”

“您对国会竟是如此痛恨吗？该怎样解释年高望重的画家这种不友好的态度呢？”

“以最合乎逻辑的方式。一般说来，我蔑视人，既然每个国会议员代表五万人……请您自己想象一下吧，我们——我和我的狗——该多么蔑视参众两院的议员，如果他们还是受到奖赏的，那就更不用说了……”

西内什狄离开了那幅油画，突然转过身来，恰似一头准备跳跃的猛兽。在愤怒的瞬间，除了这第一个感情冲动的动作，他还向前猛跨了一步，就像剑术家向前冲刺那样。然而他很快控制住自己，开始和对方争论起来，他姿态优美地伸出大拇指，侧着手掌在空中用力一劈——这是一个经验丰富的职业律师的手势，大概是对着镜子练习过的。

“然而，阁下（议会里的客套话），有很多人却持有不同的看法。对于他们来说，议员的当选证书是最好的诱饵。”

“而他们本人却是警察的诱饵，”画家意味深长地捋了捋胡子。他是个相当机灵的人，经常和一些爱说俏皮话的人们周旋，于是自己也学会了讥诮别人。

“不过请允许我指出，你并非毫无例外地蔑视一切人……您的弱点，人所共知，譬如说，对于那些……青年美貌的人。他们能自由进入这座由恶犬守卫的堡垒……”

“青年美貌的人，我并不把他们列入人的范畴……这是一些具有特殊性质的生物……只有一类妇女，我是完全瞧不起的——女艺术家……”

伊莲娜觉得必须要进行干预了，应当提醒一下，她也在这儿，让他们明白，在这所房子里发生的一切，她都得知道，一切都要获得她的同意。

“是啊，女人是艺术家们通常都有的弱点……不过对于政治，我发觉，巴尔是形容过甚了……我父亲从事政治工作，而且干得多么出色！不是吗，他是七四年①的政府部长，后来又在维尔内斯库的政府中任职。我的兄弟格里高烈，乔路的父亲，也是从事政治工作的——他四次当选为议员，把两千波高的地产全部花到政治上去了……不过政治就是政治……人家讲给我听，先生，关于您的这种事情……我甚至不能相信，好像选举前您周游全区，竟然去吻小饭馆老板娘的小手……”

她突然不再说下去了，疑问地望着西内什狄。

“这又有什么呢？我是吻过，请您相信好了……而且不只我一个人——譬如说，塔册·约内斯库也……”

“她们手上没有葱味吗？”

“手嘛，也许有点气味，不过幸而选票没有……”

“不单是小手，西内什狄先生，”画家鄙夷地说，“整个政治都有一股难闻的气味……暗中诋毁，出卖，在这片污泥浊水里荡来荡去……在那里就连最干净的人也犯有贪图权力的罪过……曾不止一次邀请我去参加会议……我去了，可是除了厌恶，没有得到任何东西……”

仿佛是在辩论会上发言，西内什狄把左手拇指插在背心的抬肩里，姿态优美地翘起右手的拇指，威严有力地说：“如果您认为，这仅仅归咎于政治家们，那您就错了。每个国家都有它当之无愧的政治家。就拿我们的选民来说吧。他们只是在看怎样欺骗、愚弄别人。请关心一下社会对代表

---

① 指1874年。

的要求吧，到那时我们再看看，您是不是还以蔑视的态度评论不幸的政治家们……我的最有势力的选民之中，有一个制造香肠的厂商，他出卖病猪肉，被人当场捉住了……您无法想象，为了让布加勒斯特的主任医师承认他自己的记录无效，我需要出多少力。那个厂商和他的兄弟以及父亲——这是选举议员的六张选票和选举众议员的十张选票。而你想要被选进参议院，有时总共只需要一百六十五票。现在您懂了吧，香肠商的六张选票意味着什么？它们有多大的分量？”

“就是这个香肠商在选举议员吗？在一个文明国家里？请您相信，我宁可不和这样的家伙发生接触……我要吩咐在围墙上插上碎玻璃片，把狗的数目再增加一倍……”

伊莲娜焦躁不安，她必须和西内什狄先单独谈谈。

“啊呀，巴尔，为了这个政治，您忘了让西内什狄夫人看看咱们新买的好东西了。昨天我们买了一张佛罗伦萨的桌子。”

“佛罗伦萨的桌子？你们是在哪儿找到这样的奇迹的？”玛丽娅·西内什狄以冷淡的客气态度回答。

“真的，我不知道。我丈夫为它花了三千列伊。”伊莲娜干巴巴地、含讥带讽地、微微地一笑。

“夫人，请原谅我的内人。价格——首先给她留下深刻印象的正是价格，如果买一样东西，花的钱越多，她就越开心……然而这桌子当真很有意思。16世纪，它是一件博物馆里的真正的珍品，我简直感到惊讶，它怎么会落到布加勒斯特来的……”

“那么你就请客人去看看吧……我就知道，你忍不住要吹嘘一番……”说着转身面对玛丽娅，又加上了一句：“你可以去欣赏欣赏，玛丽娅，桌子放在他书房里。我们请你来做评判人。”

只剩下她和西内什狄两个人了，西内什狄开始翻阅一本画册，伊莲娜坚决走到他跟前去。

“我是这么急不可耐地等着您……请您说……”

“我今天没能跟民建部部长谈……首先我得在议院里主持会议，后来，斯坦内斯库来了以后，我也没能到他那儿去，有那么多人聚集在部长席上……”

“我从旁听席看到您到他那儿去了。他坐在从边上数起的第三个位子上……”

“不错，可是我没能跟他谈……在这种场合……开会前我在茶点部遇到了他的秘书，了解到了事情的情况……部长是进退两难。有一个艺术家代表团去找过他，带头的是一个姓马卡罗维奇的人，也是个议员。他们打听到订货打算交给您的丈夫，特来提出抗议。威胁说，要在报纸上掀起一场运动……”

“不可能！他们怎么敢！他们连他的一个小指头都抵不上！”

“我还在议会走廊里碰到过他们……他们大喊大叫，毫无顾忌地骂您丈夫：他嘛，画肖像不比照相师强，他画的落日简直是用果子酱随手乱抹。再过二十年，他们说，关于画家洛曼内斯科，人们连想也不会去想他了。”

伊莲娜不相信自己的耳朵，威严地走近他。

“他们这是说的巴尔——一位伟大的画家吗？是在巴黎官方举办的沙龙上展出过的他吗？您知道吗，在1908年的沙龙上，是谁的肖像画得到了最多的称赞？福拉敏格的《涅斯埃尔公爵小姐》和巴尔的《里奇公爵夫人》！”

“我就是跟他们这么说的……可是有一个无赖——他系的不是领带，而是打着一个黑色的花结——他打断了我：说是他们知道，巴乌尔·洛曼内斯科是怎样钻进巴黎沙龙的……”

“怎样呢？”伊莲娜两手一摊，气喘吁吁，找不出适当的话来。

“女人们……他，您知道吗，巧妙地利用了他作为一个美男子的优点……”

伊莲娜焦躁地在画室里走来走去，脚跛得厉害。

“不可思议，闻所未闻……多么卑鄙的人们！咳，巴尔做得对，他不接待他们当中的任何人……要是您知道，他们是怎样恳求他……采用什么手段——只求能给他们介绍一下，他不愿和他们来往，真是做得对，全是些恶毒的、心怀嫉妒的小人。有一个曾经佯装缠绵病榻，暗中打发他的妻子前来，想让她带巴尔去探望他。我们就差还没碰上这种事了！对待这里这些倒霉鬼太客气了。要知道，巴尔誉满全欧。我想您会同意的，既然让您在巴黎的官方沙龙上展出，您就会成为闻名全欧洲的名人。难道不是这样吗？”

大概，是该把我们这位异常考究的艺术家、这位彻头彻尾的唯美主义者、头号假绅士和对西欧的崇拜者的成功秘诀告诉读者的时候了。

最简单的方法，是在他的每幅风景画上划分出三个明确的工作阶段，而这又是和他那令人头晕目眩飞黄腾达的三个阶段彼此协调一致的。

最初先在画布上勾画出一些高大物体的轮廓，在它们的基础上再画上许多较小的物体，实际上也只是一些轮廓。空白的地方则以最幼稚的方式涂满五彩缤纷的颜色：白的雪，蓝色的河流，绿色的田野，红色的屋顶。

总而言之，十三四岁的孩子就是这样作画的，这位未来的大师在巴黎伊莲娜·鲁斯康努的画室里学到的绘画入门，也就是这样一些东西。他画轮廓、勾线条，很快就已得心应手，也就是成了一个颇有才能的书法家（然而要知道，绘画的技巧和书法艺术是相距甚远的）。后来在巴比松森林里，他又掌握了一个秘诀：如果用笔尖在他那模糊不清的田野和河流里涂满生动、鲜明的彩色斑点，就会形成变幻不定的闪光。于是落日，火红的秋叶，草丛中红光闪闪的罂粟花都在若隐若现，闪闪烁烁：画布上的颜色涂得越多，印象主义的效果也越强烈。

不过如果不是有一个机会，我们这位无能画家的成就绝不会超出小学生的成绩，除了业余爱好者的展览会，哪儿也不会展出他的作品。伊莲娜的一位女友，一位滑稽可笑的爵士夫人，钟情于这个虽无才能但犹如阿波罗一般美貌的青年，1895 年夏，她邀请他和伊莲娜一起到伦敦去，把他介绍给自己的画家朋友们。对于巴乌尔，这趟旅行成了划分两个不同阶段的事件。在威斯特列尔[①]的画展上，有一幅风景画震动了他：河上升起紫色的雾霭，远方的灯火在雾幕中隐隐闪烁，淡紫色和鲜红色的闪光若隐若现。就这样，巴乌尔为自己发现了淡紫色烟雾的效果。从那以后，他给所画的一切都蒙上一层淡紫色的阴影。

在上流社会里的成功超出了一切期望：全巴黎赞叹不已。而当巴乌尔一旦领悟，把这一发现运用到肖像画上，于是众口一词，都承认他是一位非常考究、善于掌握色调的画家了。他用清晰的线条勾画出姿态优美的女性侧影，头戴宽边帽，身穿淡紫色的衣服，再在他们周围轻描淡写，画

① 威斯特列尔（1834—1903）：美国画家，曾旅居英、法、俄等国。

上一些模模糊糊的轮廓——暗示那是一些物体（我是画家，而不是照相师）——最后有一层透明的淡紫色薄雾把一切都笼罩起来。如果一位夫人来画像时，穿的衣服是一种他简直不会表现的颜色，他丝毫也不会发窘，而是以“画家的幻觉”为借口，建议模特儿采用一些紫色的点缀品，最后把一切都转变成他所喜爱的色调（西内什狄夫人的画像就是这样画出来的）。

水，雪，草，在他的笔下都是淡紫色的，只是色调略有细微的差别而已。当有人向他提出，他毫不注意他的绘画是否和实物相似，他反驳说，他和照相师的现实主义毫无共同之处。即使伟大的纳达尔是学过照相的，巴乌尔·洛曼内斯科也坚决不肯采用这种方法，不过，所有他那一代人，20世纪初“精神上的社会菁华”，也都像他一样，认为一些画家运用技巧花招在绘画艺术中引起类似革命的影响，即使是像他们的那种无知，也比照相机镜头敏锐的眼睛高明一些。

不愿看到现实，不愿老老实实、毫不夸张地看到现实，是因为近百年来西方绘画艺术中一直保持着一种奇怪的倾向，而这也恰恰说明，它正在走向没落。物体失去了明确的轮廓，反映到画布上的是潦草的随意涂鸦，或者是在模模糊糊的远方涂上一些模模糊糊的斑点——那样就更好了。如果一个用这种技巧武装起来的画家在追逐确实性时开始描绘细节，就会和实物绝无相似之处，而他没有别的办法，只好宣称，他不是照相师（不错，因为真正的照相师也就是真正的创作者），而模特儿本身只不过是他自我表现的口实而已……

在这样的条件下，洛曼遂作为一位肖像画家而名声大噪了。不管这是多么不合常情，他之所以获得成功，都仅仅归功于他对时髦的盲目偏爱：

他成了一个优美事物的写生画家，既把时髦的侧影的翩翩风度搬上画布，同时也相当准确地勾画出它的轮廓。诚然，所有的肖像都具有同一格调，然而这除了归咎于当时的风尚，还能归咎于什么呢：上流社会中顺从时尚的贵夫人们用同一式样的时装打扮起来，把嘴唇涂红，把眉毛描黑。她们穿着千篇一律、色彩鲜艳的服装，犹如橱窗里的人体模型，她们彼此之间的区别只是一些无足轻重的小玩意儿——一枚胸针，或者是一串宝石项链——这样就把画家的任务极端简化了。只需要画上一层烟雾，用特别喜爱的颜色把轮廓笼罩起来，于是一幅杰作就完成了。

于是现在伊莲娜绝望地紧紧抓住特权不放，照她看来，像巴乌尔·洛曼内斯科这样伟大的画家对这样的特权是当之无愧的。

“他们建议把六幅画分开，由六个人来画，每人画一幅，”西内什狄叹了口气，结束了他的话。

“可是一幅画值七千法郎啊，对于巴尔，难道是无足轻重的吗？”伊莲娜叹口气说，“当然啦，有人会为此感到满意的……对有的人，七千就是整整一笔资本……罗马尼亚还有没有正义呀，我请问您？”

“用不着急躁，夫人。每一个人都在为自己的饭碗而斗争。”

“西内什狄先生，请您向部长解释一下，这不可能……我不知道，他是一位上流社会的人物，他会懂得的。”

伊莲娜神经质地在屋里走来走去，比平常瘸得更加厉害，但并没有忘记在走着的时候从地板上随手拾起一个蓝色圆形靠枕，那是她丈夫出于美学上的考虑从沙发上丢下去的。

“不过您要知道，这些年轻人好像几乎是在挨饿了。不由得要考虑一下他们的处境……部长倾向于尽可能地帮助他们……”

“照我看，这不是一个社会保证的问题……巴尔是个享有世界声誉的人……不过既然谈到了物质上的困难，我不得不承认，现在我们的经济情况也十分拮据。这里，在布加勒斯特，开支漫无节制，虽说当然要比在法国少一些。巴尔已经习惯过宽绰的生活了。其实我们就正是为此回来的……至少我们可以省下房租……我们的田庄里也尽是碰到一些不愉快的事……农民们凶狠而且固执……我们是怎样巧妙地对付着过日子——只有我一个人明白……当然啦，我不能把什么都告诉巴尔……他是个艺术家。他超越于这些琐事，他只有一样要关心的——艺术……可是您，先生……我和您已经有二十年的交情了。我们的田庄彼此相邻。我们互相了解……”她着重说出最后一句，一面走近西内什狄，望了望他的眼睛。“您知道我的全部土地几乎有四分之一没有播种吗？四百波高……”她踌躇了一下，然后又悲哀而疲倦地接着说下去，“真是少有的忘恩负义的农民……冬天里，他们没有吃的，到庄园里来苦苦哀求，可是春天里却受雇于旁人，忘了还债——忘了归还冬天乞求到的东西……”

“您别见怪，夫人，可是你们一天只付给雇工六十个巴尼[①]……”

伊莲娜发窘了，皱起眉头。

“可是除了工钱，我们还管饭吃啊……”

“吃什么呢？您并没有去监督您的管家……他给他们吃咸鱼，而且是发臭的，通常……你们这儿还用浸过水的湿绳子鞭打雇工……春天选举时，我曾就这个题目进行过一些不愉快的谈话。”

“哎哟，恶毒的舌头，要是听他们的，那可有的听了。难道您相信这

① 巴尼：罗马尼亚辅币，一百巴尼为一列伊。

些谣言吗？这些人总是不满意。不管怎样为他们尽心竭力……”

“为什么您不改用分成制呢？那样事情就变得简单了……”

“把五分之二的收成给他们吗？啊，不，谢谢您……这甚至不值得认真考虑。他们不会精耕细作，每波高最多能收一基拉[①]。如果不监视着他们，不时常督促他们，他们连地也不会翻耕，只不过乱挖一气，装装样子。难道您还不了解他们吗？”

“然而一天六十巴尼的工钱，臭鱼，发霉的玉米面和生虫的豌豆——这终究是太过分了。而且还要鞭打那些可怜的人……显而易见，谁要是干过一次，第二年就再也无法把他吸引来了……您应该换一个管家。不然的话，人都要跑光了。去年春天您白把他救了出来，最好是让内政部部长收拾收拾他……当然啦，我也不该听从您的劝告，为了一个骗子辩护……”

伊莲娜吓呆了。

“怎么？不分青红皂白，就逮捕我们的管家吗？”

西内什狄觉得不好意思，于是抽起烟来。是一场很不愉快的谈话。选举的时候，他什么样的麻烦事没碰到过呀。画家洛曼内斯科和他妻子从老鲁斯康努手里继承了两千波高的地产，他们那里对待农民简直惨无人道，而且超出了一切界限，因此引起邻村的地主要求重新审理他们的案件——而在这方面，他们自己也是无法以仁慈和人性自诩的。

“夫人，”西内什狄提醒说，“这个人竟想强迫人们干活儿，而且蛮横无理地要求宪兵队给予帮助，当人家拒绝了他的时候，他竟敢侮辱少校本人！”

---

① 基拉：罗马尼亚的容量单位，每基拉约合五百千克。

伊莲娜惊讶得无法镇静下来。

“难道在这个国家里鲁斯康努的名字已经毫无意义了吗？难道每一个宪兵都能自作主张，随意给我们下命令吗？人们就是这样来报答画家洛曼内斯科为祖国建立的功勋吗？”她似笑非笑地冷笑了一声：“要知道，他是在并非对每个人都开放的地方保卫罗马尼亚的荣誉。”

极为烦恼的西内什狄还是忍不住轻轻地笑了。

“画家洛曼内斯科吗？可正是他要求把您所宠爱的那个人远远地赶走的。您知道他是怎样答复管家妻子发来的电报吗？‘他活该如此’。”

伊莲娜两腿发软，倒在一张扶手椅里。

“巴尔吗？这不可能！”

客人用一个绘画上的姿势，仿佛是把文件呈送给法官，从衣袋里掏出钱包，再从钱包里取出那封电报。

“我保留着它，为的是在俱乐部里拿给人们看看。”于是他富于表情地读道：“他活该如此。红脸庞，撇着两条腿，胡子像被虫蛀了一样，这样一个怪物，对于管家这一职务是太不雅观了。洛曼内斯科。”

“这一点可不能轻易饶了他，”伊莲娜暗自决定，丈夫的独断专行使她感到震惊，不过她说出声来的却是：“可是我们没有他怎么行呢？这是我唯一可以信赖的人。他精力充沛，是一个这么可靠的仆人……不过我们怎么老是谈论地产呢……我恳求您……请您把订马的事情给安排好。我知道，您在民用建筑部里是有影响的……不是吗，我们总是在互相帮助的……”

“唉，夫人，我非常清楚，我做律师的前程，是全靠您的兄弟。不能说我是一个忘恩负义的人。我什么也没有忘记……不过……”

"够了，先生。何必算账呢？您一向是一位真正的绅士。可不像所有这些坏蛋，对于他们，我才不会看错了人，这些立宪会议上的家伙……四个月以前，我丈夫荣幸地被介绍给普恩加来[①]总统，为了自己获得荣誉团勋章的事向他表示感谢，那时候，您知道他对于政治家发表了一些什么意见吗？不知道吗？那您听着，普恩加来瞧瞧巴尔，半闭起眼睛，用极端辛辣的讽刺语调说：'我希望，来年——接见是在圣诞节进行的——贵国在政治领域里已经不再经受巨大的困难了。'您要知道，他是在布加勒斯特呀。有一次他甚至曾作为辩护人在一件诉讼案中出庭辩护，罗马尼亚给他留下了很坏的印象……"

"不错，不错，"西内什狄回答，一面在细细端详妻子的肖像。"而且他在法庭上的论敌是塔凯·约内斯库……"

沉默了一会儿，伊莲娜用信任的语气说："我把为这几幅订画感到不安的真正原因坦白地告诉您。我们的处境是这样的，如果开诚布公地说，我已经简直是夜不能寐了。三个月了，自从我们买了这架钢琴……也就是说巴尔买的，没有音乐他就不能作画……"

"就是这一架吗？普列耶尔的？你们是在哪儿弄到的？"

"在费德尔那儿。"

"花了多少钱？"

"问题就在这儿了。要价七千列伊。"

"贵了点儿。彼导罗维切什狄是花了……"

"哎呀，您难道还不了解我的丈夫吗？他对价钱不感兴趣……他一声

① 普恩加来（1860—1934）：法国反动政治家，1913—1920年任法国总统。

吩咐，东西就运到家里来了……我只能凑足了定钱，两千列伊……他们同意展期，不过期限很短，商店里已经来通知我了，说是星期一就要来把钢琴搬走。我可不能容许发生这样的事……请您想象一下，这对巴尔会是多么大的侮辱？他永远也不会宽恕我的。”

西内什狄很为难地摇摇头。他从口袋里掏出支票簿，坐到红木书桌旁边。

“我弄了个新鲜玩意儿……支票……十分方便。请您明天把这张支票拿到罗马尼亚银行去，还清买钢琴的钱。我们之间随便什么时候清账都可以。”

伊莲娜感动地瞅着他。

“我不知道该怎样感谢您，西内什狄先生。像您这样的绅士……”

门口出现了一个三十来岁的年轻人，他比中等身材略高一些，穿一身藏青色的西装，右手上扎着绷带。他那苍白的面色，紧紧闭拢的、薄薄的嘴唇和分得很开的两只黑眼睛里的闪光，暴露了他的紧张心情。他勉强行了个礼，甚至好像没有注意到姑妈吻了吻他，似乎是感谢他终于来了。

“终于来了！一连三天，我从早到晚都在找你……”她撇着嘴，苦笑着说……“不是吗，曾经有过那样的时候，我可用不着花上三天时间才能跟你见上一面……”

西内什狄斜眼瞟了瞟进来的人，附和说：“至于我们，那还有什么好说的呢？从前乔路经常用他社交场里的人为我们消愁解闷。特别是在巴黎。而现在呢，我差点儿没有脱口说出‘鲁斯康努先生’来，”西内什狄用眼睛盯着乔路：“跟着我们回到了罗马尼亚，却好像和我们一刀两断了——仅仅来过一次。我们倒要看看，他将怎样受到玛丽娅的责备，对这样的背叛她是不会宽恕的。”他转而和巴乌尔一起来到门口的妻子，又补上一句：“我这儿正在责备乔路，说他简直不记得到我们这儿来该怎么走了。你说呢？”

玛丽娅颤抖了一下，耸一耸肩，赶快靠在钢琴上。

伊莲娜立刻谈起正经事来。

“你听我说，亲爱的，你那里对哈里顿先生搞了些什么呀？请你说说看。也许，他在什么事情上得罪了你？你说呀，我应该知道，”在她那温和的语调里暗含着严厉的责备。

乔路凝神蹙额，用一种视而不见的目光径直望着自己前面。然而心不在焉的神情只是更加明显地衬托出他那刚毅的面部的美。显而易见，他根本没有去想这些麻烦事，他和姑妈的这个世界距离是那么遥远，只有使他到这儿来的那个想法在支配着他的整个心灵。

伊莲娜没有等到回答，就絮絮叨叨地说起来了，她说话的那个匆忙劲儿暴露了她的意图：“哪儿来的这样的残酷无情？这些猛烈的攻击是要干什么呢？就我所知，你和他本人素不相识。高龄的哈里顿夫人满眼含泪恳求我出面干涉。”

乔路默默不安。伊莲娜看到他根本不听她的，于是向玛丽娅求援。

“你可以想象一下，已经有两个星期了，乔路的报纸一直在要求若热·哈里顿辞职，真正的造谣中伤，诽谤一个接着一个……你为什么要反对这个人呢？”她又责备起侄子来，“你告诉我呀，我应该跟他母亲解释清楚……你到底是想要达到什么目的？”

乔路似乎已完全陷入沉思。

伊莲娜明白，她盘算错了，热心得太过火了。粗暴的突袭这会儿大概不会奏效。

“西内什狄先生，请您说说吧，容许这样攻击一位部长吗？礼貌上总得有个分寸哪，谢天谢地，我们都是上流社会的人……”

使她大为吃惊的，是西内什狄，不错，并不是毫不犹豫地，竟站到了乔路那一边。

“夫人们，虽然我并不赞成《社会正义》报道的政治观点——顺便说说，这份报纸是完全独立的——但是我得承认，目前正在谈论的这场运动，倒是有一些根据的。”

大家互相交换了一个眼色。只有乔路仍然是一副漠不关心的样子。

“可是，对不起，您不也是哈里顿那个党的吗？”

西内什狄稍有点儿不好意思地解释起来：“我们是同一个党的，这一事实并不妨碍我持客观态度……哈里顿确实是一次又一次地失策……一切忍耐都有个限度，其中也包括社会上的……而时机一到，社会就会说‘够了！’”

这一次这个熟知各种丑闻内幕的行家上了“嗅觉”的当。他没有考虑到，既然伊莲娜对这种通常的政治争吵这样关心，那就是说，这件事情总有点儿不大干净。只是在碰到她那极端仇视的目光之后，才突然不再说下去了，他明白，他碰到了人家的痛处。为了赢得时间，他伸手到衣袋里去摸烟盒，慢慢地打开烟盒，仿佛道歉似的又重复了一句：“够了……”

在当时的政治家中，西内什狄并不是什么独特的人物。这些活动家大部分都是律师，他们的眼界异常狭窄。因此把个人的利益置于公共利益之上，在他们看来是天经地义、理所当然的事，所以他们可以毫不知耻地夸夸其谈，吹嘘自己的态度是客观的。

画家坐到钢琴旁边，为了不受拘束地细细观察玛丽娅，本来不想引起别人对他的注意，这时他突然打破了笼罩在室内的沉默：“瞧，这就是党的原则性！”

伊莲娜强忍住愤怒，不悦地、慢慢地对西内什狄说：“请允许我问一声，您究竟是把什么事情归咎于您的同事？”

“为什么是我呢？是舆论……是《社会正义》，如果您愿意这么说的话……司法部部长的侄子——一个律师——在一切诉讼案中无一例外总是胜诉。您得承认，这是很引人注目的……”

西内什狄摆出演说家的姿态，一动不动，等待回答。

“可是如果是他有才能呢？如果他勤奋劳动呢？如果他为之辩护的当事人确实无罪呢？”伊莲娜的绿眼睛闪电般熠熠发光。

西内什狄先生失去了他通常的沉着态度。

“就算他勤奋劳动，就算真理是在他为之辩护的当事人一方吧……不过您得承认，这儿有一个极其微妙的因素。强者招疑……正像您侄子的报纸正确地解释的那样：‘司法’。”他把这个词读得特别重：“‘不应受到怀疑’。如果部长的侄子出庭辩护，获得胜诉，而法官去向部长请赏……这至少是太笨拙了……”他意味深长地捻了捻撮在一起的拇指、中指和食指。

伊莲娜怀着真诚的、困惑不解的心情，用目光紧盯着他。

“可是对不起，西内什狄先生，”画家插嘴说，一面把拴在黑色细绳上的单眼镜放到一只眼睛上。“如果这样的话出自一个像乔路这样的恶意煽动者之口，我绝不觉得奇怪，可是您，一个捍卫家庭堡垒的卫士，怎么竟会攻击一个支持侄子的叔叔呢？党的集体主义精神到哪里去了？”

“我们的党是一个道德高尚的党，夫人，”西内什狄这样开始，由于惯性，他是在对伊莲娜说话。

“道德？”那位惯于发号施令的妇人威严地打断了他，“您想叫司法部部长的侄子干什么呢？叫他抛弃自己的前程？自己毁掉自己的一生？巴尔说得对……我可真没想到，您讲话竟也像个社会主义者，可对于他们，没有什么东西是神圣的。无论是宗教，家庭，还是财产。社会主义者很高兴让我们大家都变成码头工人，或者是擦皮鞋的……对吗，乔路，”她对侄子说，“莫非您希望这样吗？”她已经不指望得到回答，就又悲哀地接着说下去：“格里高烈·鲁斯康努的儿子怎么能和天知道是什么样的人交往，怎么能结交社会主义者呢？不可思议！在巴黎学过法律，学位论文答辩成绩‘magna cum laude’[①]……可是不但不去占据他父亲的党为他准备好的议员席位，反而成了叫花子们的应声虫！”

她从头到脚穿一身黑衣服，侧影好似凶猛的鹞鹰，满头令人尊敬的白发，拄着一根乌木手杖，站在那儿。

“哎……对他们有什么办法呢？这是兴趣问题……譬如说吧，在巴黎的时候，我常到卢浮宫[②]去，”巴乌尔·洛曼内斯科记起伊莲娜为他安排的实习参观，又参加谈话了。“从不放过罗斯丹[③]的任何一次首场演出。每星期四我都去法兰西科学院。看萨拉·贝纳尔[④]的戏，我鼓掌把手都鼓痛了。可是他却在‘Vélodrome d'Hiver’[⑤]的社会主义者群众大会上为让·饶

① 拉丁文：优秀。
② 卢浮宫：法国古代王宫，1793年改建为博物馆。
③ 罗斯丹：当时的名演员，生平不详。
④ 萨拉·贝纳尔（1844—1923）：法国女演员。
⑤ “Vélodrome d'Hiver”：法文，意思是“冬季室内赛车场”。

勒斯[1]鼓掌，还去听奥拉尔的演讲……我订阅《年鉴》，还读奥斯卡·王尔德[2]、彼埃尔·洛迪和布尔热的作品，可他除了《人道报》什么也不看。这又有什么好奇怪的呢？”

巴乌尔·洛曼内斯科坚信，只有一些优秀人物能看得懂奥斯卡·王尔德的作品，并为自己也属于这些优秀人物而感到相当自豪。

仆人拿来一大把丁香花，把它插进了花瓶。画家不满意地皱起眉头，动手按照自己的意思重新插花，寻找最美的效果。

“乔路作为一个独立候选人参加立宪会议选举，”伊莲娜接下去说，“可是在三个县里只得了一百三十六张选票。”她讥讽地微微一笑。“而你要想在一个县里，仅仅在一个县里当选，却需要一千五百票。可不是吗！在我们这儿，能有社会主义者的议员吗？绝不可能！认为在我们这个国家里可以和社会主义者结成同盟，一道来搞政治，那纯粹是精神错乱……最叫人伤心的是，乔路是我们这一族里唯一不尊重家庭传统的男人。父亲三次被选任部长。兄弟格里高烈在二十八岁的时候就成了议员……如果他不死，准会在保守党人首届政府里担任总长的。可是乔路……”她悲哀地苦笑一下，并向在场的人扫视了一眼。“乔路却去寻求社会主义者的支持……结果竟会是这样？如果把赌注下在他们身上的是个来路不明的倒霉鬼，对他来说，所有的门都关着，他不可能出人头地，那我倒是理解

---

① 让·饶勒斯（1859—1914）：法国和国际社会主义运动的著名活动家，法国社会主义政党右翼改良主义派领导人，党中央机关报《人道报》的创办人和主编，历史学家，卓越的演说家。

② 奥斯卡·王尔德（1856—1900）：英国颓废派作家。著名作品有《预谋》（文艺批评集，1891），《快乐王子》（1888），《莱丁监狱纪事诗》（1896），忏悔录《狱中日记》（1896）等。

的……可是前部长的侄子[①]……”

伊莲娜的语调里含有痛苦、惋惜的意味：为什么命运竟让她的兄弟，这个优柔寡断的人，这个并非来自现实世界的幻想家，而不是让她生为一个男人。现在她感到痛苦不堪，就像一只被剪断了翅膀的鹰，命中注定只能混混日子。最遗憾的是，她不能和男人一样从事政治工作：只能在一旁眼睁睁地瞅着他们，如同一个参加体育竞技的道路已被堵死的残疾人。

“伊莲娜，别谈政治了。你今天是不是还打算让我们吃饭呢？”画家调皮地拖长声调说。

“我这就到陈列室去，看看是不是可以开饭了……”

“劳驾。现在先叫他们把开胃酒送到这儿来。”

伊莲娜做了个手势，意思是“你放心吧”，于是到凉台上去了。

西内什狄记挂着她关于六幅订画的要求，拿不定主意不知该怎样去说服部长，他想和洛曼内斯科一起弄清某些筹备工作的问题。事情并不容易。西内什狄觉得，无论如何也不能提到画家本人的物质利益。律师知道，在这个家庭里，玩弄幕后交易的重担全部由妻子个人承担着，因为丈夫作为一个画家，一个幻想家，他的观点始终是清清楚楚、毫不含糊的。花不应该知道，它的根是靠什么样的肮脏东西供给养分。因此，西内什狄假装也想看看佛罗伦萨的桌子，和主人一起到他的书房里去了。

只剩下了玛丽娅和乔路·鲁斯康努，他们忸怩不安地互相交换了一下眼色，随后，她试图掩饰自己内心的激动，声音里稍带一点儿忧愁地问：“伤势严重吗？你的汽车出事已经一个月了，可你手上还扎着绷带。”

---

① 应该是“前部长的孙子”，可能是由于作者疏忽，误写为“侄子”。

他像孩子一样对她微微一笑。

“不要紧。只不过是最近两天我觉得这只手不大方便，医生劝我，让它休息休息。”

她想起最近一个月来的心情，也高兴地对他报之以一笑。

“我在报上看到发生车祸的时候，心里真不知是什么滋味。照我看，消息迟了两天，或者三天。等报纸送到我们那个谷地……没有电话。天气坏透了……我整整一夜没睡……”她遇到了他的目光，又抱歉地加上了一句：“你瞧，我是个多么古怪的人。”

乔路目不转睛地瞅着玛丽娅，而且违反她的意志，像读一本打开的书，清清楚楚看到了这个年轻妇人心里的想法。

“最近一年里你几乎没从乡下出来过，”他的声音里饱含着柔情，在他们几年前分手以后，这柔情温暖了他们难得的相会。“你为什么逃出了布加勒斯特？你一个人待在那个荒凉的地方，不觉得寂寞吗？”

玛丽娅乌黑的大眼睛里，透过忧郁，流露出讥讽的神情。

“这么说，你是注意到我不在了？令人高兴的意外……请听着，这就是我的回答：不，在涅列亚谷地我并不寂寞，愁闷在这儿折磨着我，在这个城市里，它叫我感到压抑。在这里我觉得局促不安。”

乔路从钢琴上拿了一把大扇子，在手里转动着：珠母做的扇骨，白色的花边，中间一小块皮子上有复制的一幅布歇[①]的画，具体罕见的物品。巴乌尔·洛曼内斯科特别珍视它。沉默了一会儿，乔路用低沉的声音问：“你对时间和人们一直还不能容忍吗？”

---

① 布歇（1703—1770）：法国写生画家和雕刻家，洛可可艺术的典型代表人物。

“这是你在问我吗？”她勉强笑了笑，她说“你”字的语调仿佛是在他和她丈夫之间划一条界限。“这儿的这些人，照我看，都太残酷、太粗暴了，”她径直望了望他的眼睛，“他们的心太冷酷了。”

“你的丈夫对此是怎么想呢？”他避开了她的挑战。

“从你这儿听到这样的问题，我觉得多么奇怪……我有充分的根据认为，我丈夫对这种情况是十分满意的……我是那么想了解他，希望哪怕多少互相有一点儿了解……我疲倦了，我最好还是待在涅列亚谷地，待在山里。”

“可孩子们呢？”他折起扇子。

“孩子跟着我。我们在一起学习。我又像童年一样，从这个年级升到那个年级。”她悲哀地笑了笑：“今年我要和尼古拉一起升到四年级了……我希望能得一等奖……”她软弱无力地把手垂到被一层豪华的淡绿色衣料遮着的膝盖上。

“你知道我为什么到这儿来吗？”

“姑妈叫你来的……你在你的报纸上闹得太凶了。”

“为这个的成分最少……大概我根本就不会来，可是她说，你要来，所以你瞧，我也来到了这儿。”

玛丽娅满脸绯红。

“真是意外的礼物。”

“我得跟你谈谈。”

玛丽娅勉强微微一笑：“是吗？”

“是一件严肃的事情。”

一束火红色的光芒在窗子上虚幻地一闪——这是来得太迟的夕阳的

返照。

“这么说，不是重新表白爱情了……”

“不如说恰巧相反。”

“啊，是这样吗？”玛丽娅用敏锐的目光打量着他。

乔路·鲁斯康努皱着眉头，焦急不安地紧紧靠在椅背上，望着她的眼睛。

“玛丽娅，我想把信还给你……”

“我的信吗？”她惊讶地又问了一遍……“可是难道我向你要过了？我要它们干吗呢？”她委屈地笑了笑。

“我想，上流社会的一位夫人，当她的秘密通信拿在别人手里的时候，她是不会安心的。”他试图说谎。

“我完全安心，”她反驳说，“而且秘密也很简单：我的心不是石头，所以没有不安的理由……不过，也许是你想摆脱它们吧？”她那白皙、纤细的手指紧紧抓住膝盖，以致薄薄的衣料下清清楚楚显露出它们的轮廓。

“可能……”

玛丽娅全身蜷缩起来，如同挨了打。

“是啊……”她心慌意乱地站起来……“可是离别时我们曾经约好……还起过誓……无论将来发生什么事情，我们也不会彼此视为路人……如果对于我们来说，没有未来和现在，那么过去却始终是神圣不可侵犯的……你曾经十分肯定地说过，即使再过二十年，你听到我的声音，也和我们在剧院里初次相遇时一样，会感到同样激动。你说过，即使你的生活中出现了另一个女人，你也将保存着我的那些信。”她颤抖了一下。走到他紧跟前。“另一个女人出现了吗？”

“没有。”

“那么是什么呢？”

“你的那些信像一块石头压在我的良心上。”

“真没想到哇。”她带着痛苦的讽刺意味微微一笑。“是不是太迟了点呢？”

“特别是其中的一封……”

“我可怜的信哟……”

“曾经有一段时间，这一切是有意义的……”乔路开始焦躁起来。

“那么我们的一切过去呢？我的过去呢？我跟你说过了，现在——是对我的侮辱，我对它无法容忍，而且也不期待未来会给我什么。”

“那又有什么呢，也许这是很自然的……到过去中寻找避难所，这是女人的特点……”

仿佛是在回答自己的想法，玛丽娅坚决地说：“不。”

乔路冲动地向她跑过去，仿佛是要把她抱在怀里。

“玛丽娅，有一封信，你一定要收回去，哪怕就收回这一封。”他那美丽、苍白的脸变得叫人认不出来了。

“哪一封？”

“你揭露西内什狄罪行秘密的那一封。”他停顿下来，走到钢琴那儿，然后又折回来：“我不敢把它留在自己身边。”

玛丽娅默默不安。随后她挺直身子，怀着悲痛的决心说：“这封信我也不拿回来……”

乔路呆呆地一动不动，紧张地倾听着自己心里的声音。他找不到出路，他已筋疲力尽，内心的斗争使他感到痛苦至极。

“只是你为什么要给我写那封信，是什么不幸的灵感促使你这样做的……”

“你接到那封信的时候，你哭了……”玛丽娅内心深处颤抖着回答。“晚上我到你那里去，丈夫出去了……我们有两天没有见面……你哭了……你说，一个女人不能向一个男人提出更重要的证据，来证明自己的爱情了。”

“那时候我没有认识到，知道了这一罪行，我就将成为他的同谋犯……”他焦急不安地俯身对着她，悄悄地脱口而出：“不是吗，他是个杀人犯啊……”

他的话像马刀一样猛劈下来，劈开了空气，仿佛有一只被光亮照得目眩的猫头鹰在屋里东碰西撞，飞来飞去。

那妇人疲惫不堪地颓然倒进蒙着樱桃色面子的安乐椅，靠在高高的椅背上。

“可是毕竟曾经有一段时间，你对这样的共谋也是感到满意的。”

“现在你很难了解我……为什么你不愿把信收回去呢？”

“乔路，也许我真的不了解你，也不会表达我自己的意思。这很好笑，不过我忽然想到了一句话……那时候你开始去参加社会主义者俱乐部的活动，还把乔治·克里孟梭[①]为法国革命辩护的演说讲给我听。你听着，这句话是：‘革命，这就是牢不可破的友谊。’于是我暗自说：我们的过去，这也是牢不可破的友谊……如果夺走我的过去，我宁愿一死。我决

① 乔治·克里孟梭（1841—1929）：法国政治家。1906—1909年，1917—1920年曾两度出任总理。

不从你手里拿回一封信，而且如果我得知你把它们烧毁了，我不知道，我会发生什么事情……”

“不能再谈过去了，玛丽娅。怎么跟你解释呢？我真想跑，躲开这个过去，真想去藏起来。真想丢掉它，就像脱下一件穿着嫌太紧的衣服。”他感情冲动地、绝望地紧紧攥着她的手，他已经很久没有像这样了，她浑身颤抖了一下。“我再没有过去了，玛丽娅，我宣布要和它一刀两断。”

“你多么残酷。为什么呢？”她轻轻地说。“没有过去，我会怎样呢？要知道，我只是靠回忆活着——没有它们，无论是隐居，还是和一个可厌的丈夫在一起生活，我都无法忍受。把过去留给我吧。不要夺走唯一支持着我的力。过去我们曾经是互相了解的。可是现在呢？难道人性靠不住吗？”

乔路绝望地听着她：他们是在用不同的语言说话。不过他还是没有放开她的手。

“我并没有变，玛丽娅。我还是那个我。今天我心中充满了爱。只不过是另一种爱。我终于成了我自己。我发现了一个新世界，那时候，对这个世界我是一无所知。新的生活意义。平常的爱的沉醉不会给人无穷无尽的感觉，也许只有在接吻的那一瞬间，当眼睛闭起来的时候……在我的世界里，爱是均匀燃烧着的火焰，是一些普通的词句，是在患难中互相支持，而首先是像燧石般坚强的对未来的信念。我还是那个我，可是我的眼睛看得更清、更深了。现在你生活在其中的这个世界已经不再是我的世界。这是一个使我感到极端厌恶的垃圾场。对于工人们，我们现在的同志们，存在的只有未来。当我和他们臂靠着臂，并肩站在一起的时候，我背负着过去，就像背负着应当摆脱的重担，它削弱我的意志。”

玛丽娅呆呆地听着，越来越感到莫名其妙，当他住了嘴，她突然很冷淡地问：“这一切和我的信有什么关系？”

乔路猛一下子把手从绷带里抽了出来。

“你知道我到这里来为什么要把一只手包扎起来吗？为了不和西内什狄握手。”

她责难地摇摇头。

“多少激情……”

“你要明白，一想到我和他是一致的，我就受不了。”

“政治使你发生了什么样的变化啊，乔路，我亲爱的，我的温柔的心……他们对你做了些什么呀？”

“唉，在这方面我们也没有共同语言……在政治上……你赞同你自己那个圈子里人们的极其简单的意见。”他又把手伸进绷带里，生硬地接着说：“对于他们来说，搞政治和青云直上是同一回事。在你那个世界里，人们对政治趋之若鹜，是为了自己在社会上获得地位……那里都是些追逐名利的人，大家一模一样。表面上大家互相包庇，实际上只是想瞅机会去挖朋友的墙脚。至于说还有另一种政治，他们是从来都没听说过……为了让他们不再把像你这样的人当作被奴役的牲口，为了不让他们剥削你们而斗争，为了给人以自由和幸福而斗争……他们连想也不会想到这样的政治，这种真实的、公正的政治……”

巴乌尔在书房门口出现了，西内什狄跟在他的后面，正在抽着竿烟，吞云吐雾。“弄清一些细节”看来已经顺利地结束了，主人以演戏的姿势转身对西内什狄说：“不，您只要听一听，现代的年轻人和一位美貌的妇人在谈些什么……整整十五分钟让他们单独待在一起，可是除了争论政治，他却找不到任何更好的话题。”

“原来并非仅仅您一个人厌恶政治，”乔路尖刻地冷笑一声，对玛丽娅说。然后挑衅地对着巴乌尔：“很想知道，说实在的，您对政治的蔑视有何根据。”

巴乌尔·洛曼内斯科随随便便地转动着单眼镜，把拴眼镜的细绳缠在食指上。

“我对任何形式的政治都不感兴趣……我首先是一个画家，而画家把世界只看作美……我躲避人们，和街上的喧嚣隔离开来。我高踞于芸芸众生微不足道的虚荣心之上……”

乔路厌恶地冷笑一声，耸一耸肩，心不在焉地又拿起那把缘着白色花边、用压花皮子做的扇子。

“我知道，这样的观点不合您的心意。您不能理解，画家应该超越尘世的浮华……”巴乌尔接着说。

乔路咬牙切齿，扔掉扇子，向洛曼内斯科走了一步，用无情的目光打量着他。

“您觉得，您超出于浮华之外吗？您为您能摆脱一切而感到骄傲吗？可是只有对坏蛋们表示迁就，才有可能摆脱，你们的世界就是这样安排的。它是这样卑鄙，这个世界，您从它那儿得到必需的生活资料，它却向您提出一个严厉的条件：掩盖它的罪行。您得沉默，不然的话就要倒霉。您的眼睛只盯着上面——为了这个，才把您应得的那一份装在封好的信封里，给您送上府来。”

“您的观点很有意思……您在到处只看到丑恶。世界是卑鄙的，因为您把它看作这个样子……我的目光是光明的，它在周围只看到美……然而，我认为，您不可能理解这种最高的光明……”

“只怕我是理解的，而且我甚至把您看得太清楚了。实际上您是不想，而且也不会观看周围的一切……在森林里遇到几条迷人的小路，色彩鲜艳，线条从容流畅，光线变幻不定，是孤独、安闲地散步的最好的地方，可是只要往旁迈出一步，您就会听到咝咝的蛇叫声，就会碰上您竟敢去惊它们的蝮蛇……您看到的是什么呢？舞台上的世界，在那里，您那安闲的美学在温室的蒸汽里感到温暖如春。对现实世界里的悲剧，对被现实世界的大火吞没的那些人，您都一无所知。”

巴乌尔把单眼镜对准乔路，轻轻捋着雪白的丝线一般光滑的胡子。

“我可以用纳恰努的话来回答您，这些话是他两天前在俱乐部里说的：‘也许现在，在1914年五月，欧洲远不是模范。而且十分可能，我们的社会一无是处……很难说……不过我怀疑，如果由于发生不幸的意外，现在的欧洲末日来临，明天的世界……将会哀悼它，犹如哀悼失去的天国。将会日日夜夜在悲哀之中为它恸哭……’”

在画家津津乐道地引述上面那一段话的时候，乔路默默不语，随后他清清楚楚地高声说：“当然，这样的文学词句正合乎你们这班人的口味，所以没有任何人反对这位先生。要是我的话，就会对他说下面这样一番话：可能，欧洲正处于覆灭的前夕……不过哀悼它的……将只有资产阶级。对于它来说，而且也只有对于它，1914年的欧洲才真的会成为失去的天国……当一艘巨轮渡过大洋，驶入港湾，那些在跳舞和娱乐中消磨时间、衣着入时的人们，会觉得惋惜，因为旅行这么快就结束了……以后整整一年，他们会怀着甜蜜的忧愁回忆在甲板上度过的那些夜晚……然而几百名锅炉房里的工人和全体船员却因为航行已经结束而感到幸福……对于他们来说，渡过大洋，这是极其艰苦的劳动……所以，现在的欧洲对他们并非天堂的那些人，那些被剥削的工人们，那些在贫困中濒于死亡的科学工作者，那些知道他们的同行正在疯人院中奄奄待毙的诗人们，那些并没有变成投机者的画家们，他们对现在的欧洲是绝不会感到惋惜的。”

巴乌尔·洛曼内斯科站在一幅有房门那么高的巨幅肖像面前细心听完了他的话。那是一幅模仿范一德克①著名的《持郁金香的夫人》的作品。一位姿态优雅的夫人，戴一顶帽檐卷起的宽边帽子，手指轻轻抚摸着插满淡紫色郁金香的花瓶。一条俄罗斯猎犬，伸直身子卧在女主人脚边，似乎是摆好姿势，正等着人家为它画像。洛曼内斯科耸耸肩，感觉到他是处于自己作品的保护之下。

“有一些诗人在疯人院里自杀了，这又能怪谁呢？”

乔路神情紧张，犹如拉紧了的弦，威严地问：“什么？您觉得这种情况很自然吗？您可以连眼睛也不眨一下，就发表这样的意见吗？”

“我只知道，真正的天才最终总会脱颖而出，”画家带着一脸觉得无聊的神情解释说，一面把拴着单眼镜的细绳绕到一根手指上。“如果不是天才，那就毫无办法。命运……”

“命运？”乔路·鲁斯康努几乎是威胁地瞅着画家。“您称之为命运的东西，那不是别的，而是罪行……”

“原来是这样吗？”

“对，对，是卑鄙的犯罪……他们在杀人，而您却满不在乎……”

---

① 范一德克（1599—1641）：佛来米族画家，鲁本斯的学生。曾长期在意大利和英国作画。

“好吧，如果您乐意的话，就算是罪行吧。言辞吓唬不住我……如果我去思考人世间的一切肮脏勾当，那我就无法作画了。”

“这话您怎么说得出来的？”乔路愤懑地说：“对罪行怎么能不气愤呢？”

巴乌尔·洛曼内斯科望了他一眼，姿态优美地把头歪到一边。

“我只承认一种罪行——丑。我赞同我的朋友罗兰·泰阿德的意见：‘Que m’importe le crime pourvu que le geste soit haut’[①]。”

这句话如同在乔路·鲁斯康努的脸上抽了一鞭。他的愤恨仿佛被水冲走了。他又陷入沉思，似乎把自己紧紧裹在长袍里。他的声音仿佛来自另一个世界，听起来是沙哑的，冷冰冰的。

“认为暴行可以是美的那个社会，是一具腐尸。对它已经无可救药，只能把它扔到垃圾场上，以加速它令人厌恶的垂死挣扎。”

伊莲娜和仆人一道走了进来，仆人推着一张摆满开胃酒的小桌子。经过深思熟虑，伊莲娜决定不要惹怒她那位吹毛求疵的丈夫，而且现在也应该好好款待一下西内什狄先生。

“请原谅，不过午饭要稍耽搁一下。雏鸡来迟了。我们的大师只肯吃养得很肥、直接从农场里送来的新鲜小鸡，是用火车从布弗迪给我们运来的。”

仆人一面把小桌推到屋子当中，神情不知所措地说：“要找西内什狄先生的那位先生又来了。”

议员对此并不太惊讶，向他做了个手势。

---

① 法语：照我看，哪怕是残暴的行为也好，只要姿态是美的。

“叫他在前室里等一等……”又对着主人们加上了一句：“对不起，先生们，我想了解一下，究竟是为了什么事情，迫使我滥用你们的好客。”

然而那位等不及的先生，西内什狄部里的同事，已经走进画室，一面说：“如果您知道是什么事情的话……”

“您听我说，贝尔尼格莱加努先生……”西内什狄严厉地打断了他。

然而贝尔尼格莱加努好像刚刚参加了马拉松赛跑，跑得上气不接下气，他已经控制不住自己了。

“我这是第三次来了……”他开始说，因为说得太快，咬字不清，突然他一口气说了出来：“您——是部长！”

消息引起一阵惊叹声……

稍停了一下，西内什狄低声问：“您这话是什么意思？”

“我和部长办公室的秘书谈过的，”同事很吃力地喘着气，解释说：“五点钟总理通知哈里顿，他已被任命为对外贸易银行管理委员会的主席……显然，这意味着什么呢？”

西内什狄矜持地点点头：“迫使哈里顿提出辞呈……”

“正是如此。后来总理给自己的办公厅打电话，叫准备任命您的命令。明天国王就在命令上签字，十一点您就要宣誓就职了。祝您成功，司法部部长！”于是他用演戏的姿势拥抱了西内什狄，仿佛是想让在场的人了解这一时刻的重要意义，并请他们也都以他为榜样。

伊莲娜由于感到幸福，呆呆地望着巴乌尔，他却十分钦佩地微笑着。玛丽娅仍然心不在焉，好容易才装出一副彬彬有礼的好奇的样子，乔路却恰恰相反，像发疟疾似的浑身发抖。

随后，穿着一身黑衣服，显得格外庄严的伊莲娜走到西内什狄面前。

“衷心祝贺您。”她合乎礼仪地伸出一只手来，他一本正经地在她手上吻了一下。接着是官场中礼节性的拥抱：将军祝贺军官获得勋章时，就是像这样拥抱的。

巴乌尔暴躁地询问仆人：“香槟酒及时冰起来了吗？”

“是的，那里有几瓶……”

“快用托盘把高脚酒杯和冰镇的瓶酒送上来。”

“啊，不过现在——请原谅，洛曼内斯科先生，”贝尔尼格莱加努想要告辞。

“哎哟，得了，先生，得了吧，”伊莲娜表示反对，“我们是这么感谢您，因为您把这个消息恰好带到了我们家里。”

“对，对，现在有多少人正在找您哪，”报信者容光焕发，对西内什狄说。“我从来不让我上当的可靠来源得知您今天在哪儿吃午饭……我给了您的看门人一笔可观的小费，叫他对任何人也不要说出一个字去……为什么要给您带来多余的麻烦呢？”

“正是如此。花费各人一半，我们出我们的一份。”巴乌尔赶紧趁机说了句俏皮话。

西内什狄一直没有等到妻子对他的祝贺，于是自己走过去拥抱她。

这时候贝尔尼格莱加努接下去说：“你们知道，在俱乐部里，这个消息使谁大失所望吗？加罗耶斯库，是谁出来反对‘大臣’呢，你们知道吗？……”

西内什狄咬紧了牙，傲慢地威胁说：“请您听着我的话，向我狂吠的人多得很，可是都没有好下场。”

送上了香槟，巴乌尔举起冒着金色泡沫的高脚酒杯。

“亲爱的，我们，您的朋友们，为了在这一值得纪念的时刻，有幸首先举起香槟酒杯向您祝贺而感到幸福和莫大的荣幸！”

啊，这些人觉得自己是多么善良，多么美丽，多么高尚，他们的目光中流露出多么感动的神情啊！

深受感动的伊莲娜把处于麻木状态的玛丽娅搂在怀中。

“亲爱的，您是理解我的感情的……只要想想看，您丈夫是在这所房子里得到关于他的任命的消息，就是在这里，我的父亲曾经三次穿上燕尾服，进宫去宣誓。新任部长正是在这所房子开始了他那光辉灿烂的律师的前程，那时他还是我兄弟的一个十分年轻的秘书……今天格里高烈该多高兴啊，”她转向乔路，“如果不是上帝在他年富力强的时候就要把他召回自己身边的话……”

“对不起，夫人，”贝尔尼格莱加努插嘴说，“虽然，格里高烈·鲁斯康努，我们出色的政论家和政治活动家不在我们中间，可他仍然参加了今天的这一事件——间接地，通过他的儿子……”

没有感觉到听众的窘态，贝尔尼格莱加努接着说：“不应忘记，如果说谢尔邦·萨鲁·西内什狄今天成了国王陛下的高级顾问，那么首先他应该感谢乔路·鲁斯康努先生，”他用一个怪模怪样、彬彬有礼的姿态指一指乔路，“他作为司法职能的热心捍卫者和舆论的真正保护人，促成了对不称职者的撤换，为的是最终把我们当中最可尊敬的人提升到理应得到的职位上去……我提议为乔路·鲁斯康努先生，为罗马尼亚的报纸，我们社会风尚的维护者干杯！”

在突然降临的十分难堪、很不愉快的沉默中，乔路装作所说的那些话和他绝对无关。不过如果他愿意的话，可以用他的手受伤来解释他为什么不肯举起酒杯。西内什狄夫妇也没有举杯，因此贝尔尼格莱加努只好只跟伊莲娜和巴乌尔碰了碰杯。

“我想，伊莲，现在饭菜大概已经准备好了，”画家说。“贝尔尼格莱加努先生，您给我们带来了好消息，我们请您也和我们一道用餐。”

于是大家都向大敞四开、通往凉台的房门走去。只有乔路没有离开原来的地方。巴乌尔本已把手伸给玛丽娅了，她在门口上犹豫起来，但乔路在最后一刹那示意让她留下。

是他自己以未经周密考虑的行动，事实上使西内什狄担任了罗马尼亚司法界的首脑，这个想法简直要使他发疯了。他痛苦呻吟，仿佛有人在他的肩胛骨之间插上了一把匕首。

“你哪怕说一句话也好，玛丽娅。”

那妇人忧郁地说：“你想听我说什么呢？”

“一句话，玛丽娅……”乔路用热情的喃喃低语坚持说。“难道这样的世界值得活着吗？”

她耸耸肩，回答说：“有什么说的呢，说说能改变什么呢？”

“看在上帝的分儿上，你让我的头脑冷静下来吧，玛丽娅……”

“乔路，亲爱的，这个世界不是为了我们的……你不能改造它，用计谋也斗不过它。我们的一切尝试都反转过来反对我们自己……我们能逃到哪里去呢？”

乔路用手指紧紧抓住钢琴上漆过的边缘，把脸凑到她跟前去：“玛丽娅，这个西内什狄，这个杀人凶手不会成为部长的。”

玛丽娅猜到了他的想法，惊恐地站了起来。

“信吗？”

"现在信没有任何意义了……在我身上起支配作用的是一条至高无上的法律。斗争——这就是我的法律。"

玛丽娅发抖了，像一张被火烧着了的纸。

"乔路，难道你要公布那封信吗？"

他像一个与世隔绝的陌生人，重复说："信现在已没有任何意义，这只不过是一种手段，而它是逃避不了的……"

玛丽娅怀着深深的悲痛瞅着他。

"你不能公布那封信。这由不得你来做主。在你和西内什狄之间，是我，而你和我是一个人……你不能。即使江河倒流，回到它的源头，也不能让你做这样卑鄙的事……"

"今后我对你来说什么人都不是了，玛丽娅……我们的星已经陨落了。你不能把过去召唤回来。从那时候起，我反复考虑了多久呀……我明白，以前我不是在生活，而是在游戏……对于我自己，我好像恢复了视力，不是眼睛，而是智慧，我已经恍然大悟了……"

"你一定不能这样做，"她不存任何希望，绝望地小声说。

然而在乔路身上起作用的，首先是一个政治家。缺乏经验使他落入陷阱，他看到只有一条出路——不顾一切地冲出去。

巴乌尔·洛曼内斯科走了进来，他为他们的缺席感到不安，于是从陈列室里回来找他们。

"我就看到，你们是故意留在这儿，想要讲讲笑话吧？"他嫉妒地责备两个年轻人。"可是你们不在，我们都不入席。"说着，他用一个特别殷勤的姿势把手伸给夫人。

玛丽娅像遭到陷害似的望着他。她的一生都取决于被他打断的那场谈话，而他忽然闯了进来，就像正当手术刀接触到心脏的那一瞬间，手术室屋顶上的房梁突然塌下来一样。惊慌在她深不可测的眼睛里射出疯狂的闪光，她的手在发抖了。一个想法忽然在她头脑里一闪：如果画家猜到他们在谈什么，那就无法摆脱他了，于是她集中残存的最后一点毅力，用已经咬出血来的嘴唇微微一笑。

“我们就来，就来，先生，这就来……鲁斯康努先生给我讲了……他给我讲了……这样一个……”似乎她是乐得失去了常态，她找不到合适的词句——她正在滑向深渊，是这样徒然地在寻找能够让她支撑着的东西。

巴乌尔·洛曼内斯科一向是按照他自己的习惯，用视而不见的眼光观看世界，他并没有发觉她的惊慌失措，于是用唯智论者的高傲态度对乔路说：“莫非鲁斯康努先生是这样一位善于讲笑话的大师吗？”

乔路的目光如同收藏家的针扎在一个奇异的小虫身上穿透了他的身躯。

“可不是吗！”玛丽娅做作地微笑着，大声说。“哎呀，您简直想象不出，他真是无与伦比。天哪，我可真笑坏了，”她当真神经质地哈哈大笑起来。

“您瞧，我可真没料到，鲁斯康努先生会有这样的天才，”洛曼内斯科怀疑地说。

乔路焦急不安地看着玛丽娅在怎样竭力摆脱这个讨厌的崇拜者，还是忍不住暗示说：“亲爱的姑夫，我给西内什狄夫人讲了一个妙不可言的笑话。讲的是一桩罪行，一桩地地道道的、真正的罪行。它给人留下十分深刻的印象，而且放在您的‘象牙塔’里也是很合适的。”

看来讽刺破坏不了画家宁静的心情，也含而不露地微笑着，把单眼镜放到一只眼睛上。

“噢，既然这是那么可笑，我一定也要听一听。”

“西内什狄夫人会讲给您听的，编辑部里还有人在等着我。”

乔路行了个礼，向门口走去。玛丽娅绝望地恳求说：“我求您，洛曼内斯科先生，请求您让我们再待一会儿，几秒钟……我不能当着第三者的面听这么逗乐的笑话……总共只要几秒钟。”她自己也认不出自己了：她不自然地轻轻笑着，把那个纠缠不休的爱慕者推到凉台上去，随即默默无言地倒在扶手椅上。

一股柔情和悲哀涌上乔路的心头，他走到她的跟前。

“玛丽娅，请你尽一切可能，说服西内什狄拒绝……竭力设法不要让他就任司法部部长，”乔路特别强调最后几个字。

她像被催眠了似的，站了起来。

“有一样是很可怕的：如果你实现了你打算做的那件事，我们就永远不会见面了……”

乔路低下了头，如同被钉在十字架上，避免直接回答。

“最好是试试看，阻止他。”

他向凉台走了几步，稍愣了一下，随即毅然决然地挺直身子，走了出去。

玛丽娅浑身无力，精神空虚，久久地坐着，陷入深思。她那通常像丝绒一般光滑，但并无光泽的脸，变得比纸还白。巴乌尔·洛曼内斯科怀着极端的好奇心又回到了画室。看到只有玛丽娅一个人，他照例好像远离现实世界，夸张地高声说：“您多美呀！……您将像这样铭刻在我的心里……噢，您就坐在这里，坐在这把安乐椅上，我得给您画张像。”

玛丽娅·西内什狄为她一直还在爱着的那个人竟如此残酷无情而大为震惊，她甚至一动不动，靠在蒙着樱桃色长毛绒的英国安乐椅高高的椅背上，对于所发生的事，她还没有认识清楚。这时，洛曼内斯科丝毫也没猜到就在他眼前紧张演出的这场悲剧，怀着开屏的孔雀那种极端激动的心情，着手工作起来。他以已经成为他第二天性的、演戏一般的姿势，拿木炭在画布上勾出他的模特儿的轮廓——相当准确地，而且像书法艺术那样优美。然而由于他视而不见，无论是她那无神的眼睛，还是嘴角两边的皱纹和无力下垂的双肩，他什么都没有注意。

“噢，太美了，美极了……请不要动，就这样一动不动……为了这样秀美的女性，我可以奋不顾身，无论做什么都行！”

这些荒谬的形容语，玛丽娅听着觉得那么刺耳，她全身都缩紧了，突然毅然决然地猛一下子站起身来。

“洛曼内斯科先生，我们该去入席了，对于其他人来说，这是不礼貌的。”

她控制住自己，又变成了一位上流社会的贵夫人，也就是说巧妙地戴上一副殷勤的面具，准备好上演虚情假意、佯装客套的话剧。

然而陈列室里的人们完全被令人神往的消息吸引住了，所以并未注意他们的缺席。西内什狄默默不语，幸福地陷入沉思，清清楚楚看到了突然展现在他面前的光辉远景。贝尔尼格莱加努和伊莲娜却恰恰相反，一直在说个不停，他们争先恐后地讨论种种细节和由于这一英明的任命可能产生的各种影响。由于兴奋，他们什么也没有吃。戴着雪白手套的约瑟夫从桌上收掉几乎连碰都没有碰过的菜盘，把它们放到跟在他后面、身穿黑衣、系着白色围裙的侍女端着的银托盘上。洛曼内斯科试图告诉大家，他突然来了灵感，可是大家都不大要听，而且谁也不好奇地盘问，为什么他和玛丽娅耽搁了那么久，乔路·鲁斯康努到哪里去了。

在这个大热天里，这儿，在树荫之下，花坛之间，大地却是凉爽的。

说实在的，花园只是在房子周围才经营得井井有条：两三条撒满砾石的林荫道，栽有玫瑰和紫藤的树篱。所有其余辽阔的空间，都没有去触动过。一些树荫最浓的角落里，在杨树和丁香花下，到处一片潮湿，由于布加勒斯特河的一条支流就在附近，所以显得更潮，现在这条小河已经被导入地下了。小河上方耸立着一个不大的水泥山洞，山洞染成了绿色，上面各种植物生长茂密，是青蛙和其他两栖类动物栖息的好地方。

狗又狂吠起来。“有两位先生和一位夫人，”仆人通报说，“他们站在大门口，坚决说，他们必须和洛曼内斯科先生谈谈。”丰富的经验和可靠的眼力使仆人无论是在提到大门外那几个衣衫褴褛的人，还是说到主人的时候，“先生”这同一个词，他的语调都很准确，说得恰如其分。这一次惹得狗狂吠的是两个显然属于名士派的画家和其中一位的女朋友，她的衣着还不仅仅是朴素而已。

“你没有对他们说，我们正在用餐吗？”伊莲娜精力充沛地耸耸肩，仰身靠在椅子背上。

仆人不知所措地回答，当然说过了，可是他们声称，他们就在街上等着，一直等到先生们离开餐桌。

就连烤得喷香诱人的五月的雏鸡，也引不起吃饭的人们的食欲。大家的神经都太紧张了，哪里还能专心致志地去啃鸡翅膀和鸡脚呢。西内什狄请求允许他抽支烟，以抑制心情的激动。在其他情况下，伊莲娜准会认为这样的要求是对女主人的侮辱，现在她却以几乎是温柔的眼光鼓励他。未来的部长若有所思的沉默引起大家一致的尊敬。每个人都在估量，怎样沾他的光：既然已经奇迹似的成了当今世界伟大人物的亲密朋友，那可绝不要错过自己的幸运。一弯新月升起在西方，就在陈列室的屋檐下面，伊莲娜怀着重新燃起的希望碰了碰左手食指上的钻石金戒指。

然而不仅是“象牙塔”里的人们由于甜蜜的幻想致使食欲减退。在大门外等着的那几个人也满怀喜悦地欢迎透过轻轻摆动的叶丛露出脸来的纤细的月牙儿。就连几乎是被朋友们硬拉到这儿来的那个画家，也为他们开的玩笑而微笑了。他照农民的方式，像坐在矮凳上那样，坐在马路边上，他身躯笨重，面部粗糙，老是想劝说朋友们放弃他们荒诞的奇想，他无精打采地一再重复着，已经不知是第几遍了。

“我想，我们还是做错了……我们要洛曼内斯科丢下他的客人，他准会大发脾气……”

那个脸型像亚洲人，长得很漂亮的年轻女人对他扮了个滑稽的鬼脸。虽然她已经快三十岁了，可是穿着露出一双纤细的手臂、花花绿绿的夏装，看起来却完全像一个小姑娘。她靠在一棵粗壮的菩提树干上抽烟：市政府铺人行道时，怜惜这棵菩提，所以它就留在路上了。

“洛曼内斯科会大发脾气？”那女的亲切、愉快地微微一笑。“你怎么，你想，住在这样的花园、这样的房子里的人会生气吗？和我们的贫困生活相比，这些人不知道高出多少倍……他们像鲜花，像住在天堂里的人，恶劣的感情对他们是完全陌生的。只要能接近他们，他们就会行善，天真而且朴实。天天过着贫困的生活，不由得就会变得暴躁凶狠。我深信，洛曼内斯科的妻子和他本人，都是真正仗义疏财的人。当他知道你的妻子正在生病，他一定会亲自去见部长，请求他们向你订画的。”

米特拉凯把胳膊肘支在膝盖上，用手掌托着他那消瘦的、像乡下人一样颧骨突出的脸，他没有细细推敲她那温柔的、潺潺流水般的话语中的含意，而只是对她报以感激的微笑。阿德莲娜和她的朋友把米特拉凯拖到这里来，是违背他的意志的。他们一起住在奥包列荒芜的葡萄园旁、一所破旧的小房子里，靠近正在修建的新车站，家务事也是他们大家一起经营：米特拉凯带着妻子和一个两岁的儿子，还有一天要激烈地争吵一百次、随即又和好的这一对儿。两个男的都快三十岁了，他们被公认是他们这一代画家当中的首领，他们画得很多，希望能举办一次展览会，而这将能帮助他们摆脱困境。

他们的房子要拆掉了，因为它正坐落在按计划要修筑一条备用线路的地方，不过由于砖灰和建筑垃圾，现在就已经不能住下去了。自从拆掉了旧车站，周围那一带就成了一个堆放锈铁皮和破破烂烂脏东西的真正的垃圾场。

最糟糕的是米特拉凯的妻子爱丽维拉，她自从分娩以后就害病，已经三年了，还不能康复。这个冬天她的病加重了。画家们那么急切地盼望着春天，但随着春天的到来，铺设备用线路的工程又开始了。五月遇上天气干旱，灰尘犹如乌云，笼罩了四周的一切。周围栽着果树的、荒芜的葡萄园，暂时还无人前来侵犯，然而由于缺乏照料，它自己已经凋萎了。杏树和甜樱桃树上甚至没有好好地长出嫩叶。只有樱桃李开了花，可是上面也落上了一层灰尘。相同的命运也在等待着封丹湖附近所有的葡萄园。它们正在变成荒地：一幢幢有木制回廊和红铁皮顶小塔楼的房子，由于无人居住，也无人照管，都渐渐破旧了。画家米特拉凯·安海尔带着妻子和小儿子，还有李维乌和阿德莲娜，就获得了对其中这样一幢房子任意支配的使用权。房东高兴的是，至少有人给照看着房子，不会再有人来拖走门窗了，所以只跟他们收取一点微不足道的租金。他们每家住着一间小房间，画家们把那间大房子布置成他们的画室——他们昔日一同学习 Belle Arte[①]的同窗之中，有很多人冬天是在北火车站过夜，夏天则在公园里露宿，对于他们来说，这幢房子可真让人羡慕不已。找到一个住处，而且十分便宜，既可以在那里安身，又可以在那里工作，这在他们这些画家中间无疑被认为是莫大的幸福。至于终日饥肠辘辘，则又当别论，一顿像样的午餐不但千载难逢，而且简直就是真正的节日了。

然而还在一年半以前，这种差强人意的生活就已受到了威胁：那时已经很清楚了，爱丽维拉的病发展得这么快，是由于灰尘的关系。现在有一个念头支配着这个小小的友好团体：跑，跑得越远越快，越好。直到不久以前，这个消瘦不堪的妇人还在操持家务，照料孩子；现在她的痛苦像一块石头压在他们的心上，由于怜悯、苦恼和担心，他们自己也在日渐憔悴了。这时忽然有一道狂妄的希望之光，从春日蓝天的高空中向他们一闪：他们从一个朋友那里听到了民用建筑部里准备订画的消息。消息是阿德莲娜带回来的，而且被曲解了。他们认定，所有六幅画，部里一共给七千列伊，一想到他们，也就是米特拉凯，可以弄到哪怕是这笔财富中的一部分，他们就感到异常激动。三个人凑在云杉板做的桌子周围，把脏碟子都推到一边，手里拿着铅笔，计算了起来，那些数字简直让人陶醉。一幅画——这就是一千多列伊！他们可以随心所欲，做很多事情！不过最聪明的做法大概是在库尔加·德·阿尔杰什附近买一所农民的房子和一处两

① 意大利文：美术。

波高的李树园。李维乌正在那个地区工作——修复一座公爵的教堂，他发现小山坡上有一处合适的房子：有两间大房间，地窖和畜栏，这一切统统在内，总共只要六百列伊。花三百列伊可以买一头牛，一对小猪和十二只鸡。李维乌自己要一把锯子，两把斧子，一个锤子和一把老虎钳，他肯定地说，他多少懂得点木匠活儿，一个夏天就能把他们的房子变成一座真正的宫殿。以后，他们只要拿起画笔，就能满墙都画上壁画，就像童话里一般。四个大人、一个孩子去那里的路费要花八十列伊，他们的行李完全是微不足道的。在村里，他们花二十列伊买一口袋面粉；买十二口袋玉米，再花掉二十列伊。用一百列伊来买画布、油画颜料和水彩颜料。阿德莲娜坚决主张，头一天就在花园里为爱丽维拉做一张木床，让她整个夏天都晒太阳，呼吸新鲜空气：四周是干草、野花，床头上永远放上一杯牛奶。可怜的爱丽维拉，她是那么虚弱，虚弱到了极点。在梦想中他们已经逃脱了让人无法忍受的贫困，在放牧自己的母牛，并专心作画了。

“一年工夫，我们画的画就能摆满两间大厅，大家都会高声赞叹，”阿德莲娜幻想得出了神，用天鹅绒般柔和的嗓音拖长了声调说。

男人们同意地点点头。所有这三个人都公认是 Belle Arte 学校最近五年来最有才华的毕业生。校内受到的普遍尊敬照例也使他们三个在实际生活中团结起来。米特拉凯在中学里的情人爱丽维拉不属于他们这个小圈子。她毕业于养蚕学校，但她和米特拉凯都是离奥尔廷尼察不远同一个村里的人，两人都出身于贫困家庭，米特拉凯、李维乌和阿德莲娜每年都在“艺术青年”主办的“沙龙”上展出自己的东西，“沙龙”设在一块荒地上的一个大帐篷里，现在正计划在那里兴建宏伟的市府大厦。再过若干年以后，这三个人将要和他们一位年长的同行以及布尔德尔[①]的学生——一位雕塑家联合起来，组成一个“五人社团”，积极参加罗马尼亚战后的艺术生活。然而目前他们还默默无闻，只能以名士派的勇敢精神来抗拒美国，过着极端穷苦的生活。但是爱丽维拉的病动摇了他们的顽强意志。他们眼看着米特拉凯的妻子在日渐消瘦下去，晚上回家时心情都十分沉重。为了不让他们害怕，爱丽维拉使出最后一点力气，浑身出着冷汗，尽力忙活着，操持家务。“我活在世上就是为了给你们做点事情。你们是画家，你们的工作是画画儿。要是我连笤帚也不能拿了，那还有什么用呢？”

他们没有有用的熟人，朋友们开导他们说，如果没有一位要人介绍，谁也不会理睬他们，就连看门人也不会放他们进去，这时他们感到茫然不知所措了。爱丽维拉已经完全病倒了，晚上她从长沙发上忠实地望着他们；听着她的叹息声，他们又在计算，搬到喀尔巴阡山山前地带、空气清新的地方去，需要花多少钱。阿德莲娜突然想到一个主意：她刚刚在报纸上看到一条关于宫中举行招待会的简讯，巴乌尔·洛曼内斯科也去参加了。一位赫赫有名的同行的介绍信——这正是打开民用建筑部部长警卫森严的办公室大门的钥匙。

“他怎么能介绍我们呢，既然他从来也没见过我们？”米特拉凯喃喃地说。

其实就连订画这个主意，一开始他也是极力反对的。李维乌不得不提醒他，文艺复兴时期的所有作品，不论是建筑、绘画，还是雕塑，这些都不是别的，而是订购品。而且那个时代那些伟大艺术家的自尊心也未必不

① 布尔德尔（1861—1929）：法国雕塑家。

如米特拉凯·安海尔的自尊心强。

“好吧，就这样吧，”米特拉凯很勉强地同意了，“只是，我不知道该怎么对你们解释才好，不过口袋里装着洛曼内斯科的介绍信去见部长，对我来说，是很难过的。”

“并不是洛曼内斯科推荐你，”阿德莲娜勃然大怒，“而是这个……这个……这个……”她从他的一大堆作品中随意抽出三幅图画。一幅挟在腋下，两幅用手拿着，就向门口冲去。“你们跟我来！”

朋友们在供铺设备用线路的路基那边才追上了她。洛曼内斯科住在哪儿，他们是知道的：“象牙塔”是美术学校里经常谈论的话题，而且在这些未来巨匠的梦想中起着特殊的作用。

这不是，朋友们已经在大门外面等待着了。性格刚毅的女友领导着他们。她把画放在著名的砖墙旁边，她自己时而靠在路灯栏上，时而靠着那棵粗壮的菩提，一再对男人们解释，她为什么相信事情会成功。不可能设想，像洛曼内斯科这样的大画家会不理解米特拉凯的作品的价值。她承认，唯一的困难是冲进“塔”里去。到了那里，就会一切都很顺利了。

“再说，这么美妙的新月和这棵菩提——你们闻到吗，多么香啊！——要说它们不给我们带来幸运，那简直是不可能的。”

米特拉凯坐在路边，用强有力的手掌支着颧骨，紧张地默默不语，不时抽一口自卷的纸烟。李维乌体格匀称，前额宽大，生着一头浅色的头发和两条漆黑的浓眉，对女朋友的话，他只是赞同地点着头，而不开口说话。

席间谈话在继续着。当送上冰淇淋的时候，民用建筑部的秘书长给西内什狄打来了电话，他由官方渠道打听到西内什狄现在何处，以他们部长的名义转告，所有那七幅画[1]都决定向画家洛曼内斯科订购了。初出茅庐的司法部部长含糊不清地、简短地回答了一声“知道了”，并且把这一消息告诉了伊莲娜，然后又独自陷入沉思。只有他一个人没有参加大家的谈话。这样一来，他想，各部之间相互效劳的系统开始运转起来了。他明天即将担任的职务，其真正的实用价值也正在于此。现在他知道，他可以从担任部长的每一位同僚那里得到他想要得到的一切，不过他自己也要在他这一主管部门权力范围之内，慷慨地帮助人家。这场游戏开始得如此匆忙，因为民建部部长握有股票的一家承包企业打输了官司，现在经过上诉，正在等着重判。作为一个律师，西内什狄对此是了解的，而诉讼的结果取决于他。玛丽娅心怀恐惧，控制着自己面部的表情，勉强喃喃低语，在和巴乌尔·洛曼内斯科谈花：繁花盛开的紫藤栅篱从凉台一直延伸到陈列室，柔韧的枝条缠绕着支撑屋顶的柱子，一串串淡紫色的藤花耷拉到摆满水晶、细瓷和银器的长桌上，画家本人听到向他订画的消息，淡然置之，一点儿也不起劲。消息本身对他并未产生任何印象。只是当妻子激动地对他喃喃低语，提醒他关于曼顿纳的别墅的事，他想象起拉祖尔河畔的情景，这才孩子似的眉飞色舞起来。在那里，在那些世界主义者中间，他这个天生的势力小人和唯美主义者是大有用武之地的。他甚至害怕他的欢欣心情外露，会驱除他脸上那种典型的厌倦神色。

一头老大的白花咖啡色丹麦短毛猛犬，把它那生着一双直立尖耳朵的胖胖的长脸搁到凉亭栏杆上，一本正经地朝里张望。洛曼内斯科很高兴能有机会掩盖自己的感情，于是向它走去，亲切地爱抚这头强壮的猛犬，那

---

① 前面一直说是“六幅”，这里又说“七幅”，可能是由于作者疏忽。

狗的目光中流露出的好奇却变成了对人们可怜的贪欲的鄙夷。

约莫过了两个小时，月牙儿已经渐渐消融了，那三个人仍然坐在围墙外边，怀着敬意不时望望“象牙塔”的铁门，不敢按铃去打破它那田园诗般的寂静，不敢用他们尘世上的苦难去搅乱那神秘而浪漫的安宁。阿德莲娜想，住在这儿的那些人和现在被当作客人接待的那些幸运儿，对为金钱而操心的可怜处境是不会了解的。在他们那富有、强大、高尚的世界里，人们不会谈论贫困。那儿的财产是含着微笑、像献花那样自动奉献的，需要的只是进到围墙里面，引起这些人的注意，向他们谈谈自己的情况。他们的心灵是崇高的、纯洁的，有如五月里的夜空……

约瑟夫深信来求见的人早已走了，看到他们仍在门外不由得吃了一惊。

“今天怕未必会见你们了。客人们散得很晚。明天再来吧。”

家里有病人等着他们，这个想法在鞭策阿德莲娜。她抽了口烟，走到仆人面前，坚决地宣称：“请你听着，朋友，只要不见我们，我们就不走。事情急迫。如果必要的话，我们就在大门底下过夜。”

犹豫了很久以后，约瑟夫把这一“威胁”告诉了洛曼内斯科，这时他气愤地吩咐，把那几个坚持求见的人带到凉台上去。

三人跟在仆人后面走过铺着红砖的小路，觉得脚底下轻飘飘的。米特拉凯身材高大，肩膀像装卸工人一样，十分宽阔，而且只穿着一件砍肩——从家里出来时太仓促了，没来得及换换衣服——看到他这副样子，洛曼内斯科感到茫然不知所措。他们自己介绍说，他们是画家，可是这个面孔粗鲁的小伙子倒更像个刚干完活儿就径直走到这儿来的油漆匠。不错，那姑娘是一个那么精致的亚洲型的小洋娃娃，她穿一身花花绿绿的花布连衫裙，看来倒是个挺俊的美人儿。他从单眼镜里疑问地瞧了瞧她。她的小脸上泛出生动的微笑，她的声音听来十分悦耳，拖得很长很长："大师，我们带了几幅画来，我们很想听听您的意见，"她招呼他到路灯底下来，那里有三盏很亮的灯。

他们要求他做的竟是这样一点小事，对此他感到十分惊讶，他跟着姑娘走过去，把画拿到离灯更近的地方。

"为了知道我的意见，你们竟打算睡在街上吗？"他微笑着问。

"请看，大师。"阿德莲娜觉得有一团东西塞在她的喉咙里。

洛曼内斯科丝毫不感兴趣，不过却摆出行家通常所有的那副样子，仔细观看起来。一幅画上是以有力的笔触，用粗线条画出的一座修道院古老的橡木大门。另一幅上是一带倾颓的白色石墙，那墙顺着小山一级一级逐渐爬下山来，墙上爬满了常春藤。第三幅是阿德莲娜本人的小巧精致的肖像——一个脆弱的、光彩夺目的蓓蕾。

对每一幅画，洛曼内斯科都竭力说两句审慎的赞许的话。阿德莲娜欢欣鼓舞，请求他把这些作品收下，作为他们赠送的礼品，并且请他原谅，他们没有给画装上画框。

起初画家谦逊地推辞，后来，出于礼貌，他同意了，并且以做作的热情态度向姑娘表示感谢。李维乌和米特拉凯的心里燃起了希望。

"大师，"阿德莲娜羞涩地微笑着，接近了谈话的实质，"我们斗胆提出一个重大的请求，来打扰您……民用建筑部打算订购六幅画，如果您能给部长写几个字，让他向我们的朋友米特拉凯订购其中的一幅，我们对您将终生感激不尽。"说着，她以目光示意，谁是米特拉凯。米特拉凯站在那儿，紧闭着嘴，不知该把一双手放到哪里。

恰似一袋砂土在一出优美的喜剧演了一半的时候落到了舞台上。洛曼内斯科愣愣地呆住了。他从胸前的小口袋里掏出手绢，用心擦了擦单眼镜。

“女士……嗯……小姐……”他镇静下来，这样开始说。“我，真的，我很为难。我天性如此，离开实际事物是那么遥远……您要我为你们提出请求，可是我跟您直说，我从来没有采取过这种步骤。而且我和民用建筑部部长也不是那么熟，不便去求他……”

“啊，大师，”阿德莲娜恳求说，“对您来说这是一件微不足道的小事，可是对于我们……对于我们……我们的整个一生都会改变的，”她用勉强才能听到的声音结束了自己的话。

“即使是这样，然而，要知道，问题谈的是订画，是钱，是利益……很可笑，不过我对有关物质的麻烦事是这样格格不入，所以我简直不知道，人们在这些所谓的介绍信里都写些什么。”

阿德莲娜拼命试图改变他那种不问世事的可悲态度，但对她的一切尝试，他都回答说，他无法为他们效劳，什么忙都帮不上，他是完全超然于物外的。

米特拉凯几次想走，但是阿德莲娜每次都制止了他，并重新去劝说洛曼内斯科。短毛猛犬跨着大步跳上了凉台，有主人在，它们是温顺、安静的。画家不知怎样才能摆脱这些提出请求的人，他勉强做出彬彬有礼的样子，请他们抽烟，并吩咐从一旁走过的仆人给客人们送咖啡到凉台上来。阿德莲娜还一直不想认输。想到生病的女友，她紧紧攥住手，指甲都陷进了手掌里。

伊莲娜看到约瑟夫用托盘端着茶碗到凉台上去，怀疑出了什么问题，于是拄着手杖，匆忙赶去帮助丈夫。三个人看到来了一位身穿黑衣、神情严峻的夫人，都恭敬地从藤椅上站了起来；那位夫人的侧影最突出的是那个鹰钩鼻子，下颚似乎沉甸甸的，很有些分量，不过却有一头银丝一般柔软发光的花白头发，这到底还是赋予她的面部一种女性的魅力。李维乌怯生生地向她说明他们的来意。

“说实在的，我不十分明白请求的实质……”伊莲娜站着说，为的是不让她在思想中把他们列入“贫民”一等的这些人再坐到藤椅上去。

阿德莲娜本来已经开始耐心地向她从头说明事情的原委，天真地相信这位夫人真的是还不明白，而当她一旦明白了的时候，准会说服她的丈夫，给他们写一封他们所需要的介绍信。

“如果我没听错的话，您是想通过不正当的途径，靠私人情面帮忙，得到一个人只应根据自己的成就得到的东西，”伊莲娜没有提高声调，严厉地总结说。

米特拉凯腮帮子上的肌肉鼓起来，李维乌惊愕地凝望着那位夫人，不知作何想法。只有急躁的阿德莲娜不能相信站在她面前的女主人竟会如此残酷，兴奋地打着手势，向她解释：“夫人，米特拉凯·安海尔应该得到这样的帮助……三十来岁的这一代人中，他是最引人注目的画家。请看这幅刚劲有力的色粉画，看看这像浮雕一样的大门。他很有天才。现在他就已经是一位巨匠了。”

然而伊莲娜对那画连看都不看一眼，尽管穿印花巾连衫裙的丫头情绪激昂地把它塞到了她的鼻子底下，她只是问：“既然如此，那他为什么还要采取这种手段呢？”

“唉，如果您知道他遭遇的情况，您就不会这么说了……您要明白，这对他是个生死问题……”

“大家都有困难的时候……而每个人都只想着自己的不幸……”黑衣夫人很不客气地打断了她。

阿德莲娜不相信自己的耳朵。

“您会有什么不幸呢？有您这样的财产？您是在嘲笑我吧，夫人。在这样的宫殿和这样的花园的主人面前，所有的门户都会自动打开，可是我们这些年轻人，无论闯到哪里，迎接我们的只有冷漠和敌意……”

“对于真正的天才是没有障碍的……最后它一定会脱颖而出，”伊莲娜教导似的、不容反驳地说。

这句格言突然使阿德莲娜清醒过来，她用手——像小猫柔软的爪子——在额上抹了一把，她的声音颤抖着：“最后？可是将近暮年时，这样的胜利还有什么意义？经受了所有的痛苦，失去了你所宝贵、亲近的一切之后，这一切还有什么意义？”她垂下了头，像一个被弄坏了的洋娃娃。

“您要求的是不可能的事情。您在强迫我的丈夫滥用政府官员的盛情好意，想要用阴谋妨碍部长采取良心向他提示的决定。”伊莲娜把她那发白的嘴唇往里一瘪。

这时颧骨突出、肩膀宽阔的小伙子第一次开了口，他说得很简单：“您说得对，夫人。我们错了……请原谅……再见……”

于是他紧张地迈开大步，向大门走去。由于感到意外，他的朋友们还在原地稍稍逗留了一下，随后也跟着他走了。

巴乌尔·洛曼内斯科和妻子茫然地望着他们的背影。他们感到困惑不解：阿德莲娜几乎是从大门口转身走了回来。她一言不发，把米特拉凯的所有三幅画都挟在腋下……现在她无论如何也不肯把它们留在这幢房子里了。

画家们来到大门外面，互相使了个眼色，然后用眼睛把这座“象牙塔”横竖上下打量了一番。

“里面是霉菌和一个空胡桃壳，这就是它全部的美，”李维乌皱起浓眉，不屑一顾地说。

阿德莲娜歉疚地问：“你怪我吗，米特拉凯？”

他用一只沉重的大手抱住她，吻了吻她的两颊。

“不，阿德莲娜，你是个好心肠的人……不过老太太是对的。死乞白赖地求人，怪不好意思的。得想出个旁的办法：为我们，也为了后来的人……多丢人哪，脸都臊红了。”他慢腾腾地说，说得很吃力，断断续续的。他转过身来对李维乌说：“他们把我们最主要的，心中最宝贵的东西踩到污泥里。得做点儿什么。”他有点笨拙地挥挥手，仿佛想抓住掠过他们面前的某种想法。“为了再不会有一个人像我的爱丽维拉这样得不到帮助而死去……咱们要寻找新的道路……”

他大声喘了口气。

他已经说出了他要说的一切，现在可以自由地吸入醇酒般浓郁的菩提——菩提树的根被沥青路面封锁在地下——的芳香了。于是他默默地和朋友们肩并肩地走回家去。

手　套

中心区一家影院里，豪华的前厅由于四壁镜子的反射显得无穷无尽，在前厅的入口处，两个从前的同学迎面相遇。相逢完全出乎意料，这使他们为能见到对方而更加高兴。

“过得怎么样啊，亲爱的？”

“你呢？”

那个从影院里出来的人衣着雅致，体格健壮；宽阔的胸部和贵重的皮大衣使他的样子显得格外威严。他的头生得端正优美，裹在一条带长翻领的、柔软的衣领里，翻领底下露出一条领带，在下巴底下结了一个玫瑰似的花结。

他的朋友，差不多也是那么高，不过身体瘦弱，没刮过脸，揉皱的衣领没扣纽扣，穿一件破旧的、在他身上晃来晃去、过于宽大的夏季大衣，给人的印象，似乎他是才从医院里出来。

和同学谈了几句话以后，那个穿得阔绰的不等对方回答他的问题（停在街道对面的小汽车早就向他发出信号了），担心地瞧了瞧系着黑表带、不时微微闪烁的金表。

“对不起，亲爱的，”他说，“我正在等待部长会议主席团的答复。不过我很想跟你谈谈。我们是同学，不是吗，真见鬼！”他用丝毫不做作、真心诚意的语气接着说：“这么办吧……你在哪儿吃晚饭？”

最近几天他的朋友曾不止一次向自己提出这个问题，因此忸怩不安地用沙哑的声音回答说：“我吗？你要知道……”

姿态文雅、身穿皮衣的年轻人很快把手伸给他的同学。

“你听我说，咱们一道在 I.吃晚饭吧，”他说出一个豪华的时髦饭店的名字。“就这么办，说定了。八点钟，吃晚饭的时候……”

他没有时间听完受到邀请的朋友嘟嘟囔囔地回答什么。转瞬间他已坐进关起车门、如同布置得十分华丽的女客厅的小汽车里，像坐在安乐椅里那样，伸开四肢倒在沙土色宽宽的靠枕上了；汽车鸣着喇叭，从容不迫，小心翼翼地在一排排正在行进的汽车和马车间为自己开辟出一条路来。

服装考究、使他自惭形秽的朋友走了以后，只剩下他一个人的时候，米哈依·奥普罗尤才觉得轻松了。他的神经渐渐安静下来，仿佛他正浸在温暖的浴缸里。他觉得情绪好起来了，靠在一个富丽堂皇、如同水晶般光彩四射的橱窗上，那里面陈列着一些给人留下强烈印象的照片。从橱窗里流出的一束光线，一直流到了街心，从昏暗中慢慢游出的人流，在这束光线中不停地流向前去。没有任何事物阻挠这个年轻人无忧无虑地尽情欣赏他如此心爱的美妙景色。所有的女性，他觉得都是美丽的。她们那鲜艳的脸蛋被给人以快感的寒气冻得通红，现在，在晚上，躲在帽檐底下的大眼睛似乎格外神秘，她们从他身旁走过，对与她们看不见的目的无关的一切都是那样漠不关心，因此显得十分迷人。

他一面不停地赞赏在街上闲逛的人群，一面注视着人群位置的变换，仿佛在看一场网球赛。有时他又想到他的同学季米扬努友好亲切的态度。不错，有五年时间他们甚至都没有打过招呼。倒不是因为，譬如说，他们吵架了，或者是他们当中有谁怨恨谁。只不过是随着岁月的流逝，他们彼此距离越来越远，况且季米扬努总是衣冠楚楚、独立不羁，老是等着别人先向他问候，而这却伤害了诗人的自尊心。不管怎么说，结果真是太顺利了。已经有三天了，在咖啡馆里，除了清茶和稍加一点牛奶的咖啡，他不敢让自己要旁的东西。他饿坏了，又累又冷，已经疲惫不堪，他的神经处于近乎病态的紧张状态。说得更确切些，几分钟以前是这样的，现在他却觉得非常好。他看到愉快的、正在散步的人群，在他们当中越来越经常发现一些美貌的妇女。他好像觉得，所有男人都是身强力壮、衣着考究的。最吸引他注意的是优美的风度。

当然啦，有时也会碰到另一种类型的人，譬如这一个骨瘦如柴、面容枯槁、弯腰驼背、像一个问号的年轻人，现在正在向他走来。穿得邋邋遢遢、总是郁郁寡欢的这个人经常写诗，有时也给致力于“通俗化”的杂志翻译点儿什么，得到一点儿低得令人难以置信的稿酬。虽然这个年轻人出身于古老的贵族家庭，他和奥普罗尤却不但是职业上的同行，而且也是在日常生活中苦难重重的同事，可是他们的关系并不完全平等：对自己和别人的不幸非常敏感的米哈依每次总是和他的同事分享自己的午餐或早餐。不错，他们并不是十分经常见面……

朋友们在谈话中从不使用偏离主题的无用的废话。

“你有两个列伊吗，亲爱的？要买两个小面包圈。”

这一次回答比平常要长一些：“我，你要知道，有个朋友请我到饭店里去吃饭。我有五个列伊。留着吃晚饭的……喝杯咖啡……你都拿去好了。”

晚上八点左右，米哈依·奥普罗尤向离王宫不远、极其考究的那家著名饭店走去。他在结了冰的人行道上一滑，几乎跌倒，撞到了路上的行人。现在进入他视野的只有女人。娇艳，温柔，穿着毛茸茸的豪华皮衣，脸上流露出幻想的神情，她们含着宽容的微笑望着他——在这个美妙的二月的晚上，大家情绪都很好，似乎什么事情都是可以容许的。

在米哈依看来，她们好像都是这样的。

突然他想起，脸上长满了粗硬的胡子。送给朋友的那五个列伊，本来可以用来刮一刮脸。他也能请人吃一顿晚饭，这一想法给他带来的喜悦渐渐变成了遗憾。

而且在这个烟雾弥漫的晚上，米哈依还碰到了一个问题。他还从来没有机会在这样豪华的饭店里吃饭，因此他不知道，从门口走到餐桌，该把帽子拿在手里呢，还是应该戴在头上。您得承认，对于像米哈依这样非常讲究的知识分子，这是一个很重要的问题。他感到忧虑，激动不安。不是吗，如果习惯上要求走进餐厅时不戴帽子，而只有他一个人戴着帽子进去，那么大家立刻都会明白，他是第一次到那里去。其余的人都会鄙夷地瞅着他。这时他事先就脸红了，仿佛是往他脸上扔了一把尖锐的小针。如果习惯上恰恰相反，要求戴着帽子走进去，他进去时却是手里拿着帽子（穿一身破旧的、磨得亮光光的衣服，没有刮过脸，一脸病态），那又会怎样呢，说不定人家会把他当成送信的。这个想法他觉得简直是完全无法忍受的。米哈依觉得自己真是不幸。他在人行道上踱来踱去，犹豫了好几分钟——他的精神结构明显地遭到了破坏。

时而有汽车在饭店门口停下来，鸣着喇叭，车轮底下溅起喷泉一般的湿雪，夹杂着云雾似的黑烟。奥普罗尤看到，那些衣冠楚楚的男人和美丽动人的妇女走下汽车（在他的眼里，她们都是迷人的，漂亮的）。可是他突然心情平静下来，办法找到了。以前他怎么没想到呢？应当让一位先生，饭店里的常客在自己前面进去，自己跟在他的后面，一切都学他的样子。不久就有两个人走进门去，他立刻跟在他们后面。

穿过一间小小的前室，米哈依擦了擦脚，然后一直走进摆着许多白色小桌的大厅里，餐桌上，餐具、酒杯和装满鲜艳多汁的水果的高脚盘闪闪发光。餐桌周围的黑椅子和桌子形成对比，更着重突出了餐厅的豪华气派。一根根支撑着天花板的多面体柱子，和墙壁一样，上面都嵌着镜子，无怪乎两眼发花的米哈依好像觉得，餐厅大得不可思议，简直是没有尽头的。显然，桌边坐的都是经常光顾这家饭店的常客。我们的朋友当然来不及看清我们在此描写的一切详情细节。似乎是故意和人为难，这时发生了一种非常复杂的情况，这是米哈依·奥普罗尤无论如何也无法预见到的，尽管他有的是创造性的想象力：他尾随着的那两位先生转身向餐厅右边的存衣室走去。

乐队正在演奏一首使人昏昏欲睡的、伤感的圆舞曲，在乐曲声中，一切都在米哈依的面前摇来摆去。他抬起手来去摘帽子，觉得膝盖软弱无力，光着头穿过一排排餐桌向前走去。当他走到大厅中间，他好像觉得，有一个瘦骨嶙嶙、袒胸露肩、裸露出来的部分已经到了极限的金发女郎和两个生着严峻的黑眉毛的先生，正在同情地望着他，显然是猜到了他正在体验的悲剧。米哈依的脸一直红到了头发根，于是他戴上了帽子。如果我们熟悉上等饭店里通常的礼节，那么就会指出，他现在的举止恰恰是不应该的。

米哈依没有转身，一直走到餐厅尽头，可是没有找到自己的朋友。他的心里充满了恐惧。

镜子里照出的更加剧烈的动作说明乐队加快了演奏的速度。米哈依受到诱惑，想要坐在一张桌边，随便点一个菜，但又暗自想象，如果季米扬努一直不来，他却无钱付账，于是浑身都发冷了。

然而什么都不要，就这样干等着，对于米哈依来说，也同样是有伤尊严的；他心里已经不由得在暗暗梦想着上流社会的生活了，虽然他甚至没有向自己承认这一点。不是吗，那时大家就都会明白他的处境了。一个燕尾服上稍微溅了一点儿调味汁的侍者，以矜持而彬彬有礼的态度向他指出，他停在那儿的那张桌子已经有人了。这使我们主人公的悲剧变得简单了，他像喝醉了一样，走出了饭店。

已经八点半了，经过极端的神经紧张之后，米哈依感到饿得要命（就像通常他没有钱的时候一样）。他决定在街上等着他的朋友，可是立刻又改了主意。像一个站在主人门边的仆役那样站在饭店门口，是有伤尊严的。他又苦恼起来，徒然地力图解决这一无法解决的心理学问题。

最后他忽然想到，他可以在卡尔·维多利亚街角上等着，离开饭店远一点儿。如果尽管天黑，季米扬努还是偶然从汽车里看到他，那么这看起来也仿佛是米哈依刚刚前来赴宴。这样一来，过分注重细节的米哈依就不会在一帆风顺、生活幸福的朋友面前感到有伤尊严了。不过也不妨在口袋里装着那么三四十个列伊（也就是他想象之中在饭店里吃一顿晚饭所需要的那么多钱），就免得在严寒之中站在这儿等着了。现在，当他的心情变坏了的时候，对他来说，街道已多少失去了迷人的魅力，虽然橱窗里仍然射出一条条光带，穿透黑暗，一些风度翩翩的侧影也仍然不时掠过眼前。一个中尉，米哈依的一个老朋友从一旁走过，他身边想必是有钱的。不错，他和这个朋友也已经有两三年没见面了。他们是在往雅西[1]疏散难民[2]的时候，在那儿认识的。那时候米哈依获得了八天假期。他从前线回来，晒得黑黝黝的，满脸风尘，饿得要命，身体十分衰弱，穿得随随便便，而这时候，他的朋友因为双亲富有，出得起罗马的钱，当了一名炮手，而且作为一位不可或缺的专家，留在了武装部的军备司里。

为了庆贺大家都还活着，那时他们在雅西喝了一个通宵，而许多人都认为，喝酒时产生的友谊是最牢固的友谊。

如果向他借四十列伊，怎么样呢？米哈依急急追赶那位朋友，一直来到了阿蒂尼乌。心跳得那么厉害，似乎他是在大街上和一个陌生的女人说话，他觉得，他的舌头不会动弹了。米哈依站了下来，然而他的犹豫没有持续多久。他想起饭店，暗自说，得拿定主意。只是不想从后面走到朋友跟前去，因此他装作十分从容的样子，穿过街道，然后加快了脚步。随后，选择了一个合适的时机，又穿过街道，到了对面，力图造成这样的印象，似乎是偶然面对面地碰到了他的朋友。瞧，米哈依演的是一出什么样的喜剧呀。

两人都站住了，在最初的一阵惊呼之后，回忆起了种种往事。

“现在我就在这儿，离部长更近了，成了干部。你在干什么呢？对了，我看过你的大作，只是不记得是在哪儿看到的了。我们订有一切报纸

① 雅西：罗马尼亚一个省的中心。

② 指第一次世界大战时期。

和杂志。”这时中尉对米哈依·奥普罗尤的一首诗称赞了几句。

朋友的评价感动了他，他含含糊糊地低声说：“是的……是的……”

后来，他一会儿攥紧拳头，一会儿又把手伸开，终于下了决心。为了不至有损自己的尊严，他像一个完全不依赖他的人，用一种漫不经心的语调说：“你听我说，亲爱的……劳你驾……”这时他说不出来了。他的骄傲感犹如一只把浑身的刺都竖起来的刺猬，像一团什么东西紧紧地塞住了他的咽喉。

朋友按照他那个部门工作人员的习惯，微微弯下十分整洁的身躯，满口答应地回答：“什么事？……非常乐意效劳！”

“是这么回事……”米哈依突然匆匆地说，心里暗自高兴，能够摆脱困境：“你要知道，我有一个朋友，是个军官，他想调到另一个城市里去。在这件事上你能帮帮他的忙吗？”

“我想可以。请把他的名字和他在哪一个团告诉我，以防万一。”

“我明天到部里去找你。这样要好一些。我一定去。”又互相说了几句友好的话，朋友们就分手了。

街上已经完全暗下来了，但米哈依说什么也不愿再到饭店里去碰运气。因此他开始从这家咖啡馆走到那家咖啡馆，寻找旁的熟人。虚伪的自尊心不容许他向任何人借钱，除了他的同事，他经常和他们碰面、并希望过两三天就能把钱还给人家的那些人。然而在大多数情况下，米哈依的朋友们总是心有余而力不足，无法实现他们良好的意愿。

他毫无结果地去过了“普林契亚尔”和“德拉斯”，又到“帝国”咖啡馆里去看了看。

这是在一家旅馆底层的方形大厅。那些大理石小桌子使它具有一种自命不凡的样子。沿墙摆着一些狭长的沙发，沙发前放着可以移动的小桌子。从晚上六点直到十点，每当“名士派”在这儿聚会的时候，就连沙发上方的椭圆形镜子也笼罩在一片烟雾里。

奥普罗尤在淡红色的柱子后面、一张小桌旁看到了一个人——他能最终结束奥普罗尤持续了整整两个小时的痛苦，给他的心灵带来安慰；这时他觉得自己是幸运的。那人面容消瘦，由于留着两撇长胡子，加以两眼深陷，看上去好像比他实际上的年龄要大一些，他正俯在一叠从轮转印刷机上切下来的小纸片上，神经质地、似乎心情激动不安地匆匆奋笔疾书。他那身穿得相当破旧的衣服和僵硬的白袖口还残留着老式的文雅风度。奥普罗尤振作起精神，很客气地踮着脚尖走到桌边，等着正在书写的人用歪歪斜斜的长字母在一张小纸片上写完一个句子。为了让排字工人易于辨认，每张小纸片上只用铅笔写上一句句子，而且笔画都写得很粗。

“大师，请费心，借给我两张二十列伊……明天还您”，意识到这个“明天”是很靠不住的，米哈依突然说不下去了。

“我没有，”回答听起来很不客气。“再说，我已经跟您讲过了，叫您把‘大师’留在存衣室里，好在这用不着付钱，不像去存一顶帽子。”

奥普罗尤好像五脏六腑都翻了个个儿，仿佛被猛推了一把，然而他并没有见怪。拉迪玛从来也不曾以自己突然的生硬态度伤害朋友们的自尊心。人们称他为“大师”，是因为他的作风独特，不容许对他过于亲昵，而称他为“先生”，对于比他年纪小不了几岁的人，又似乎显得太冷淡了。

“快到半夜的时候来找我吧，”拉迪玛口气缓和下来，不是一口拒绝了。“也许我能向管理人员预支一些。今天夜里排版以前他要来。”

奥普罗尤从桌子上一个黄色纸烟包里拿了一支廉价香烟。

“在我们国家里，两个诗人凑在一起，口袋里也没有一张二十列伊的票子，”他透过齿缝说。“您说，这不是岂有此理吗？您完全正确……这样的世界应该毁灭。”

拉迪玛神经质地捋了捋胡子。

“可谁来毁灭它呢，啊？我和你吗？见鬼，你做过什么事情，竟有权要求在口袋里装着两张二十列伊的纸币？像你这样一些咪咪叫的小猫也打算把世界翻过来吗？闹革命吗？请你说说看！作家造反……”

拉迪玛生气地龇着牙，把一只手放在米哈依的肩膀上，他的手指很长，骨瘦如柴。

“你听我说，有一次有个人这样说……一个对人们十分了解的人，所有的人都叫他觉得讨厌……‘跪着造反’……”

拉迪玛不作声了，他坐在那儿，目光凝视，若有所思。

“我们是丢脸的造反者，懂吗？”稍过了一会儿，他又露出牙齿，接着说下去。“你瞧，看见靠墙的那张长桌吗？不，往那边看，在柱子后面。罗马尼亚作家协会常设委员会就在那儿聚会。每天晚上从六点到十点都在那儿胡说八道……他们没有自己的俱乐部，有些人连住处都没有，寄居在朋友那里。于是他们就在这儿，在‘帝国’咖啡馆里碰头，而档案（要知道，他们也是有档案的）就由出纳员麦求切斯库（他同时又是部队金库的出纳员）保管，存放在他那张写字台的一个抽屉里。你瞧，那里，看到了吧，主席坐在那儿，在喝不放牛奶的清咖啡。他们大家在一本正经地讨论一份什么报告，巧妙地歪曲词句的含意，就像那些在医院病房里要把彩色玻璃片连在一起的疯子……而就在这个时候，在左右离他最多一百米远的地方，在‘阿齐乃·巴拉斯’和‘恩内斯库’[1]那儿，身穿燕尾服的侍者正端着沉重的托盘跑来跑去，不时飞起香槟酒瓶的瓶塞，裸露的双唇和钻石戒指闪闪发光的手正在那里展出。所有这一切，作家先生们全都一清二楚。每天早上，他们从郊区到市中心去，在郊区那些发生火灾的破旧茅舍里，生病的人奄奄一息，既没有吃的东西，更没有药品，周围一片赤贫景象，触目惊心，这时这些作家先生们心怀不满，满腔怨恨，他们把这一切都牢记在心里，可是只消一天工夫，他们就又把什么都忘记了。早上产生的愤慨情绪到晚上六点钟的时候就已渐渐消失，因为这时候人们称他们‘大师’……丢脸的造反分子！”拉迪玛做了个极端厌恶的鬼脸，结束了他的这番话。

奥普罗尤本想说点儿什么，可是不知道怎样避免用“大师”这个词，所以没有作声。

咱们得记住，米哈依称拉迪玛为“大师”倒是完全出于一片诚心，虽然这使他回想起的情况与其说是愉快的，倒不如说是忧郁的。两年以前，当时年轻的诗人还不认识这位“可畏的辩论家”，他去找拉迪玛，请求他在文坛上给予帮助。奥普罗尤述说自己的困苦生活，描绘自己的孤独，说是他不得不离开了那些不能支持他的亲人。他承认，不得不经常挨饿，饿得很厉害。没有任何工作……他曾向两份报纸和几家大型杂志投稿，然而都是白费力气。

一个自尊心很强的人这样向人求助，似乎是无法解释的。实际上这对他来说却是十分自然的。奥普罗尤由于孤独而痛苦不堪，他想赚一点儿

---

① “阿齐乃·巴拉斯”和“恩内斯库”都是当时豪华的大饭店。

钱，混口饭吃，希望能得到同情，因为经常有从事写作的同行来找拉迪玛——他有一个真诚的好同志的名声，虽然也是一个不讲情面的人。米哈依的心灵布满了伤痕，多情善感到了病态的程度，他的心灵在吁求援助。况且那时候他还有病。

拉迪玛默默地听完了他的话，然后问："您多大年纪？"

奥普罗尤急忙回答，希望这会感动他："二十一岁。"

"在二十一岁的时候，您就求人帮助？"拉迪玛用拳头捶了捶桌子。"在这样美妙的年华，您就抱怨孤独吗？"

奥普罗尤惊恐地后退了几步，拉迪玛却激昂慷慨地接下去说："二十一岁！在这个年龄，一个人应该觉得自己是不可战胜的。这是一个大有希望、才华横溢的年龄！您不依赖任何人，对您来说，妥协是不存在的。在这个年龄，应该帮助别人，而不是恳求别人庇护。您应该注意的与其说是自己道路上的障碍，不如说是别人的不幸。如果在二十一岁的时候，你的心中就已经没有一丝一毫英雄主义精神，那么将来还能指望什么呢？"

然而在编辑部可怜的斗室中气愤地踱来踱去的拉迪玛并没有请年轻的诗人出去。当米哈依·奥普罗尤已经打算出去的时候，他向他提供了由他主编的一份《左倾周报》的两栏篇幅，并且分给他一部分当天预支到的稿费。

尽管才能已经成熟，而且颇有名望，拉迪玛却只能在一些最穷、最不重要的报纸担任编辑。有一次，具有反对派色彩、比较独立、拥有相当数量固定读者的两份报纸决定用优厚的条件把他拉过去。这两份报纸的领导人指望能从"可畏的辩论家"的散文中获益，可是在他写了头几篇文章以后，决定还是不要拉迪玛了。“无法和他共事，”一些人坚决地说。“太高傲了，”另一些人试图为他们拒绝刊登如此泼辣的文章进行辩解。这时提出意见来的不仅是那些维护自己利益的负责人，而且还有陷在个人利益和关系的无形罗网之中的、编辑部里的同事们。拉迪玛以自己那些大胆的文章使所有这些人都陷入尴尬的处境。“对他只能以纠缠的办法取胜，”有些从事写作的同行，对他揭穿他们的渺小，感到十分恼火，这样预言说。

拉迪玛的行动自由极其有限。他只能为左派的穷报纸撰稿，几乎是独自包下所有版面，连拼版也是他一个人干。最近一个时期他在编一份每周一期的小报，这份小报享有独立的声誉，报社里谁也不害怕拉迪玛的尖锐言论，出版者对他评价很高，并竭力说服他，如果他参加群众运动，和他们同样参加有计划的思想斗争，一定会收效更大。然而要驯服这个自许无政府主义者，这个强烈憎恨资本主义社会、心灵已经破碎了的幻想家，可不是那么容易。

那时就只剩下他一个人对着一张白纸了，奥普罗尤显得相当胆怯。他没有足够的勇气正视现实，怕对每一条坚定的、目标明确的意见承担责任。最初一段时期，他多半是用一些他认为富有诗意的题外话塞满他那两栏，歌颂一切美和高尚的事物。

现在奥普罗尤站在那儿，细细端详着笼罩在一团浓雾似的热气中的咖啡。

“除了写作，拉迪玛先生，穷人还能做什么呢？您说得完全正确，我也十分清楚，并不是每一次试笔都能证明写作的技巧。在编辑部的一次争论中您说的那些话，今天我觉得更明白了：‘作家的使命是唤起人们的觉悟。他的力量正在于此……他散布光明，因而也就是驱除总是藏身于黑暗之中的邪恶！’我懂得，您是把几代俄罗斯作家作为我们的榜样，他们在最近几十年里成功地塑造了欧洲至今还不熟悉的革命者的形象。”

奥普罗尤已经想停止他的议论了。他看到了拉迪玛那视而不见的眼睛，他微微动着胡子，似乎根本没有听他说话。可是他还是接着讲下去了，想要证明，他对所讲的那次事件记得多么清楚……

“就连您那时所做的比喻，现在我也更明白了：‘作家——这就是一盏发光的灯，它发光，就是为了要照亮正在拱顶下策划阴险打击的、黑暗的拱门，就是为了要照亮凶恶的耗子正在跑来跑去的隐蔽地方，就是为了要照亮聚集着贪婪的蛆虫的、潮湿的地下室。灯的功用就在于此，它的光芒的胜利的力量就在于此。’”

使米哈依不胜惊异的是，现在非常激动地听着他说话的拉迪玛突然气愤地脱口而出：“胡说八道！”

米哈依已经习惯于一会儿把拉迪玛看作诗人，一会儿又把他看作“可畏的辩论家”，对于他那些出乎意料的攻击，他也早已毫不惊讶了。可是这一次拉迪玛是那样怒气冲冲，以致米哈依感到惊慌起来。

拉迪玛胡子里藏着讥讽的微笑，把一只手搭在他的肩膀上。

“只是用自己的光芒来进行战斗的灯吗？我却不只是一盏这样的灯，如果你想知道的话……看看这篇文章，你就会知道了。”他带着嫌恶的神情把一些写满了字的零碎纸片从自己身边推开。“六个月以前我刊出一篇文章，揭露武装部里的舞弊行为。多么无耻地盗窃国家财物！对所有细节，我都提出了确凿可靠的证据，提供了根据原本复制的文件，证明某一个姓季米扬努的……”这时米哈依提出一个问题，问谈的是不是他的朋友，拉迪玛看到他脸色陡变，赶紧打消诗人的疑团，捎带着说：“是个骗子，你哪里会认识他呢。嗯，好吧，且说这个季米扬努根据秘书长在一份贴了两个列伊印花的申请书上的批示，把贝尔拉德市兵营的临时宿舍完全无偿地据为己有了，只消大笔一挥，这些营房就被宣布为供军用的‘临时建筑’。还有一个宣布‘不能再用’的大军用车库，也送给了那同一个季米扬努。只是责成他尽快，正如那同一批示中所指出的，当新的建筑腾出必需的场地，而这新的建筑，顺便说说，才不过刚刚在进行规划……我揭露的这件事情给我们的报纸带来了空前的成就。头三天似乎谁也没有发现什么，后来却开始了真正的冲击……大家争先恐后地轮着买我们的报纸。我从总会计处一个熟识的官员那里得知，季米扬努又恼又恨，甚至都气病了。他当然不会反对拧断我的脖子。倒不是因为他害怕司法机关的干预，而是因为我，你知道吗，把他的计谋宣扬了出去。宣扬了他的计谋，你听见了吗？果然，立刻就有二十来个渴望发财致富、热切梦想做一笔交易的代表，找到了部长的头上。他们也想弄到个批示，好在合适的县份里占有‘临时建筑’的兵营和‘不能再用’的军用车库。现在希望你已经懂得，我是一盏多么妙不可言的灯了……”拉迪玛突然想起了什么，惊恐地看了看表，匆匆收拾起那些写得密密麻麻的小纸片，也不和交谈的对方握手，就说：“我去印刷厂要迟……得跑着去……你到半夜左右再来。钱大概是拿得到的。”

当只剩下奥普罗尤一个人的时候，他呆住了。他毫不怀疑，拉迪玛的文章里谈的是季米扬努的父亲，就他所知，老季米扬努正是住在贝尔拉德。现在米哈依自己在问自己，他是不是该到恩内斯库饭店去吃晚饭呢。拉迪玛的故事深深地震动了他。他义愤填膺，心想，就他这一方面来说，和季米扬努保持友谊是卑鄙的，因此决定不去吃晚饭了。他稍站了一会儿，拉迪玛匆忙中忘记了的黄色烟包里还剩有三支香烟，他从其中拿了一支，把它抽着了。这时桌边只坐着作家协会常委会的一个成员，一个面容消瘦、满脸皱纹、头发苍白、约莫三十岁的人。奥普罗尤本想过去和他谈谈，但想起了拉迪玛对作协常委会的猛烈抨击，他的抨击对他产生了强烈的印象。

而在“阿齐乃·巴拉斯”，在恩内斯库那儿，这时侍者们正端着装得满满的托盘跑来跑去，裸露的女性的双肩和戴着钻石戒指的手正在那里炫耀……起初奥普罗尤坚持自己的决定。后来拉迪玛描绘的那幅景象开始在他的心头萦绕，使他感到痛苦不堪。他想，他还是可以允许自己到饭店里去，哪怕是出于好奇也罢。归根到底，他有权和同学闲聊那么半个钟头。在这一瞬间他很像大象都知道的一个笑话里那个挨饿的人，他想让自己相信，并非所有的李树都喷上了令人作呕的脏水……奥普罗尤经不住诱惑，于是向饭店走去。

已经十点多了。米哈依希望这时饭店里不再座无虚席。无论如何，希望以前看到过他的那些人已经不在那里，可以再去碰碰运气了。由于使他十分苦恼的、我们不再多做发挥的那个问题，他又犹豫了一会儿，这才走进了饭店。

齐图·季米扬努舒舒服服地坐好，以极其自然的姿态同时从几个盘子里吃菜：烤肉，两种冷盘和炸土豆。看到米哈依，他高兴极了，因为他请他来完全不是偶然的。看来季米扬努真的是在等着他的同学。

“好，亲爱的！我已经寻思你不来了。”

奥普罗尤虽然竭力想用自然的语调说话，但回答时却有点过于客气，好像是装腔作势：“你要知道，到现在我一直很忙。我的朋友当中有人……”

“没关系，没关系，请坐。斯悌芬，拿菜单来，”他招呼侍者。

侍者立刻来了，毕恭毕敬，胳膊上搭着一条餐巾。

为了对和他同桌用餐的人那副多少有点儿非同寻常的样子进行解释，季米扬努极其成功地说了句笑话：“卖点儿力气吧，斯悌芬。让人看看，你也会招待诗人。这位先生是位诗人。”

侍者有点儿不知所措，以一种受宠若惊同时又像是包涵的态度微微一笑。

菜单是用紫墨水写的，框着彩色花边，上面列举了各式各样不同品种的鱼和许多特制的法国名菜，奥普罗尤在这后面找到了一些罗马尼亚菜，感到高兴极了。不然的话，他可真不知道该要什么。当他终于选定了几样，并且用可怜的、发抖的声音叫菜的时候，他那位十分客气的同学坚决地进行干预了：“来点儿比较像样的，亲爱的，比较考究的东西。斯悌芬，请来个烤雏鸡。现在先给这位先生上一道，嗯，譬如说，就上一道虾吧……要么来一条加蛋黄酱的鱼。再拿一瓶索特尔纳白葡萄酒[①]来，斯悌芬。”

当侍者走了以后，朋友们面带微笑互相望望对方。这时米哈依的眼睛赞美地停留在季米扬努美丽的领结上，领结从雅致的长方领下露出来，用一枚金别针扣着，宛如玫瑰花的花心。

“你无法想象，看到你我是多么高兴。波皮斯库对我说，你发表了很多好诗。”

---

① 法国索特尔纳出产的一种著名的白葡萄酒。

米哈依带着惊慌的神情转动着叉子。倒不是他不喜欢称赞，恰恰相反。不过这样直截了当地说出来，却使他感到很不好意思，不知如何回答才好。

“不错……当然啦……”他竭力想找到所需要的词句。“不过我不知道，你对诗感兴趣。”

“可不是，可不是吗！”

“是吗，不过在中学里……你记得吗？”

季米扬努响亮地高声大笑起来。他那美丽的黑眼睛闪闪发光。

“嘿，中学……你还没忘吗？谁能相信呢？我亲爱的，那时候就连我父亲对我也不太了解。现在你听听他是怎么说的！他赞扬我。学校，那才是分文不值，你相信我吧。就拿尼库列斯库来说：是个最好的学生，可现在他在干什么呢？朱尔朱的一个教书匠。我是拖在最后的……（侍者做了个巧妙的姿势，瞅个机会收掉盘子，而无须季米扬努把手从桌子上拿开）老实说，咱们班上还有谁在我后面呢？就我所能记得的，只有一个盖都。”

“他在干什么呢？”

“不知道。不知是在罗马，还是在马德里我们的大使馆当秘书。总之，我几乎是倒数第一（更确切些说，季米扬努中学根本就没毕业）。现在呢，说实在的，我没有什么好抱怨的。”

“是啊，不过你总是有钱的。就我所记得的，什么时候你都有钱。”

“不值一提……母亲的遗产，总共才不过几十万列伊。现在可是另一回事了。我已经有几百万了。而这些钱是我自己挣来的，”他做出一副庄严的姿态，结束了自己的话。

到了他以前只能梦想的豪华饭店里，米哈依欣喜若狂，连饭都不想吃，他真诚地高声赞叹道：“好，亲爱的。而你还抽得出时间来看书，这就更妙了。”

季米扬努用一把专门为此用途置备的小刀，姿态优美地切掉哈瓦那雪茄的烟头，回答说：“我当然没有多余时间，不过我很喜欢这个，喜欢得要命。你知道吗，我特别喜欢理想主义的文学作品。不是吗，世界是这么卑鄙龌龊……周围尽是些叫人不愉快的事……当你看书的时候，就会忘掉一切，进入幻想世界，你明白吗！和这个丑恶的世界打交道是多么痛苦啊！”他怀着要赢得同情的真诚愿望叹了口气。“你想象不出，这些人是一些多么坏的坏蛋……即使他们是你最好的朋友，你从他们那儿也弄不到任何东西。瞧，这样的人，你要知道无论如何你对他们还是存有希望的。你记得米海依梁努吗，就是和托多尔同坐一张课桌的？现在他是工商部的秘书长。这是很自然的，他搞政治。我刚好应该得到一笔赔偿损失的款子。看来，给签一个字，可费他什么事呢？可你瞧，他简直想象不出有多少困难，怎样拖拖拉拉……直到我终于猜到了……你懂了吗？五万列伊。诚然，在这桩生意里我赚了大约三十五万。不错，可是要操多少心哪！因此，正像我已经跟你说过的，我喜欢看书。你无法想象，有时候晚上手执一卷坐在壁炉旁边，那是多么美，穿着睡衣（我有整整一大批睡衣，你真该去看看），光着脚穿着拖鞋……在这种时刻，才能真正赏识理想主义的书……你到这儿来一下，斯悌芬！”侍者毕恭毕敬、动作迅速地走了过来。“听着，请珍珍小姐，请她临走的时候到我的餐桌边来耽搁一会儿。”斯悌芬微微点头，季米扬努又回到被打断了的谈话上来。“因此，什么作者的作品我都有。而当我听说在出版你的诗的时候，我真高兴死了。我们这一伙人里出了个诗人，你要知道，这总是有些意义的……”

“啊，亲爱的，如果大家都像你这样爱好文学就好了！……”为了随便说点儿什么，奥普罗尤插了一句嘴。这时他正试图用小勺切开甜煮水果中那些已经膨胀起来的、金黄色的杏子，那是侍者极其殷勤地摆在他面前的，虽然他并没有点这个菜。他终究没能尽情地吃个痛快，因为他不知道什么时候该用哪一把叉子，而米哈依无论如何决不肯叫人看出他在这方面的无知。因此，比方说吧，对那些虾，他连碰都没碰。

吃过了饭，朋友们抽起烟来。

远处一张小桌旁坐着一位二十来岁的金发女郎，一头柔软的金发好似沉甸甸的金盔，几绺暖烘烘的、愉快得微微颤抖的卷发垂到了鬓角上，她吸引了奥普罗尤和其他顾客的注意。她有一张北方人的椭圆形的脸，肤色有如新酿成的蜂蜜，双颊红润，生一对明亮的淡蓝色大眼睛；她稍微眯缝着眼——不知是由于近视呢，还是想给人留下这样的印象：她是个感到烦闷的女人。特别动人的是她那像一颗鲜红的果子一样鲜艳、轮廓变化无常的嘴唇。从她那富于弹性而又温柔的脖颈儿和后脑勺到圆滚滚的双肩，形成一条曲线，恰似天鹅颈部弯曲的部分。

米哈依还从来没有看到过这么漂亮的女人。而打开他心灵的钥匙，毕竟是女人。那些极其文雅、神情庸倦的贵族女人特别使他心醉，不过任何一个从他身边走过的女人，他都觉得是美丽的。有些人戴着短面纱，也许是为了遮住皮肤上的粉刺，可是在他的眼里，却充满了神秘的迷人的美。在他的诗里，他时常歌颂戴着手套的小手或掠过他眼前的女性的“芳影”，最经常的是歌颂那些从女客厅似的小汽车上下来的女性，因为在他“崇敬如神”的女性中，他特别注意那些摩托化的……

现在看到眯缝着淡蓝色眼睛的金发女郎那副一直戴到胳膊肘上面、长长的黑手套，奥普罗尤简直是神魂颠倒了。她那只摘下手套的手，看上去仿佛是一串香蕉。集中在纤细的腕部下面的手套上的手指，姿态优美地朝下耷拉着……

就连季米扬努，作为一个极其考究的人，也根据时尚的要求，卖弄地使用手套。为了让自己具有贵族风度，他习惯把一个沉甸甸的扁平纯金烟盒放在面前的桌子上，烟盒上有一组费解的花字，俨然是公爵的纹章，然后再漫不经心地把一双镶黑边的羚羊软皮灰色手套丢在烟盒上面，他右手上戴着一条手镯似的金链，当他坐在方向盘后面开车的时候，这条金链一定是引人注目的。

奥普罗尤决不渴望资本家的世界垮台，他甚至也不很希望生活制度发生变化。一想到这些面色苍白、蒙着面纱、戴着手套、走过以后留下一阵醉人芳香的、神秘的贵族女人会从大地上消失，他就觉得可怕，觉得心痛。不，他希望的不是这个。如果在豪华的桌边分给他一席之地，他是会感到幸福的。这就足以使“钟情于空想的幻想家”感到十分满意了，当别人责骂他胆怯的时候，他有时就自称是一个这样的幻想家。

“乔治，把桌子收拾一下；告诉斯悌芬，叫他拿一瓶 Habit-Vert① 牌的白酒② 来，”季米扬努高声喊，大概喊得比所需要的声音还要响一些。然后俯在朋友的耳边：“你听我说，现在先别往那边看，我告诉你一件事。你看到那个金发姑娘了吗？我和她舅舅谈过一次……就是那个有络腮胡子的……面对我们坐着的……你别看那边呀……他有意把她嫁给我……你明

① 法语，意思是：法兰西学院院士制服。

② 香槟酒分两大类，一类色白，无甜味；一类色红味甜；这里的“白酒”即指前者，并非一般的白酒。

白吗？”

“是吗？”米哈依呓语似的说。

“很漂亮，不是吗？”

斯悌芬一面在收拾桌子，不时往酒杯里添酒。看来季米扬努竭力想以大量喝香槟酒使他将来的未婚妻大吃一惊，这里要指出的是，那个脑袋四四方方、花白的连鬓胡子剪短了的舅舅，对于他外甥女嫁给季米扬努的事一点儿也不感兴趣。恰恰相反，他毫不反对她做老姑娘。他既是那姑娘的法律监护人，同时又是她一处不大的田庄的管家，他精明地管理着田庄，设法使之对自己有利，不久他已经无须再到区法院去为诉讼案件充当法律代理人，勉强混口饭吃了。如果发生了出嫁的问题，他就要和她未来的丈夫进行一次特别谈话，因为让她出嫁，而得不到任何补偿，这是他连想都不愿想的。如果非出嫁不可，舅舅倒宁愿她找个上了年纪的、富有的企业家，而不愿她嫁给季米扬努，因为年老的企业家一看见姑娘，准会燃起火一般的热情，在这种情况下当然什么都会答应了，至于说到姑娘本人，她一直在犹豫不决，因为她母亲什么人都看不上眼，认为他们没有足够的文化修养，配不上女儿，而她女儿却能自己给自己伴奏，演唱巴黎最流行的时髦小调，还会读法文诗。舅舅很乐意支持外甥女的这些“癖好”，只要她少关心田庄里的事。最近，一个不久前从巴黎来的年轻人使他认真担心起来，这个人善于跳舞，受过大学教育，正在谋取大学里的教席，甚至还打算开法学讲座。这个年轻人使他感到特别担心，因为正是在他出现以后，姑娘对择婿的事才开始犹豫起来；同时不能不指出，他到他们家里也来得太频繁了。只是这一情况才促使舅舅和季米扬努认真进行了谈判。

“你瞧，那个贝尔拉德人在怎样看你呀！”母亲用法语说。

“真的吗？”虚荣心得到了满足的姑娘问。舅舅，一个上了年纪的人，络腮胡子剪得很短，嘴唇很厚，愤怒地朝桌边坐着两个年轻人的那边望了望。

“只要这个骗子不在我塞给他的东西上签字，他就不会得到你。”

“为什么你总骂他是骗子呢？”姑娘恼怒地问，然而同时却丝毫也不认为“得到你”这样的用词冒犯了她的尊严。

“为什么！……你以为他的财产是靠他放在面前桌子上的那副手套弄来的吗？”

而季米扬努一想到他不得不付出的那笔“捐税”，也不由得怒火中烧。他向米哈依暗示，这个无案可办的律师，这个一生靠着姐姐和姐夫赡养的寄生虫，现在又打算剥削外甥女了。“哼，简直惹人厌恶，你知道吗？”不过季米扬努决定还是给他所要求的补偿，婚事对他是十分有利的。和一个这么漂亮的女人结婚，这一想法使这个虚荣心很重的好色之徒感到心满意足。况且甚至不会发生为赡养她而要他花钱的问题。

“您别支支吾吾，”方脑袋的舅舅严厉地一字一字清清楚楚地对他说。“您想不花费一个巴尼[①]，就得到一个漂亮女人做您的妻子。敢情您是清清楚楚知道的，她田庄上的收益足够她吃饭穿衣，还绰绰有余。好啦，既然如此，反正您总得花点钱吧。”

颇懂得一点极简单的心理学的季米扬努，期望他认识诗人这件事会使姑娘大吃一惊。他知道，有先见之明的舅舅不准她接受他的任何邀请。季米扬努的一切尝试都毫无结果。就这样，姑娘一直受到保护，不至于碰

① 巴尼：罗马尼亚的辅币，一百巴尼为一列伊。

到形形色色不愉快的事情，就连到西纳亚去的小小的 Weekend[①] 也遭到了拒绝。

奥普罗尤的视线无法离开这个在他看来艳绝尘寰的贵族女人。她手上的那副黑色长手套，几乎戴到雪白的肩膀上，她的这双手更是特别使他心醉。

无论是季米扬努，还是作为监护人的舅舅，都没有猜到，最近一个时期姑娘的计划发生了急剧的变化。还在上一个星期，那个受过大学教育的青年舞蹈家已经开始拜倒在另一个无疑不如她漂亮、然而嫁妆更多的姑娘脚下了。因此，现在美人儿玛拉蒂决定放弃她以前不同意和季米扬努结婚的最重要的理由。两个月前她曾邀请他到她家里去参加一个小型晚会，为的是看看她那些 Notre Dame[②] 里的女友对他有何评价。结果印象不好，因为季米扬努不讲法语，而他刚一试着想讲几句的时候，情况却更糟了。姑娘恼怒地指出，当人家用法语对他说话的时候，他却窘态毕露地用罗马尼亚语回答。“他自己把他自己排除于上流社会之外，”对此，她母亲这样说。属于“上流社会”的标准就是会叽叽喳喳地讲法语，善于说逗趣的笑话，再添上一些从《巴黎生活》杂志上引用的短语，而且差不多每说完两个词，就故意高声惊叹：这是态度自然大方的标志，并能证明受过家庭女教师的教育，因而也就证明出身于“上流社会的家庭”。在这个自以为具有贵族派头的社会里，谁也不用罗马尼亚语交谈。如果有时不得不说几个字，那就结结巴巴，仿佛在很费劲地挑选字眼，故意弄错词义，歪曲发

① 英文，意思是“周末”，这里指郊游。

② 法语，在这里是指天主教修女主持的女子寄宿中学。

音，千方百计证明，自己是在已经到了成年的时候，才学会这种和仆人以及供给机关打交道时必须使用的语言。

“ENe est à croquer，la mignionne，quand eNe parle le roumain。”[①]

姑娘的母亲，玛拉蒂夫人就是这样一个“娃娃”，年龄和她开了个恶毒的玩笑。她的列车已经驶过了所有的大站，而她却没有注意到这一点，当人家从早到晚反复对她说，她是个迷人的洋娃娃时，她仍然像三十年以前那样梳妆打扮。

她那头染过的黑发使眼下的浮肿和皱纹重重的嘴唇显得格外显眼，嘴唇上的口红都已经搽不上去了。然而她仍像小学的女学生那样，留着齐眉毛的刘海，其余的头发在头顶上挽一个髻，上面戴一顶蒂罗尔[②]的帽子，帽子上的鸵鸟毛怪模怪样地耷拉到她那皱纹重叠的脖子上。这样一来，五十岁的妈妈顽强地想要显得像一个小姑娘，女儿却恰恰相反，挑衅似的特别突出自己身上的女性美。

年轻的玛拉蒂神情十分苦闷，米哈依·奥普罗尤对此的解释是：这是一个在自己周围只看到粗鲁和庸俗平凡事物的贵族女人的忧郁。他心中产生了一个狂妄的想法：她猜到他是一位伟大的诗人，正在神魂颠倒地望着他。她那双淡蓝色的眼睛真的是在注视着奥普罗尤，这对他所起的作用，正像是他的自尊心所必需的一服镇静剂。

“为什么这个季米扬努偏偏是在今天想起领一位没洗脸的先生到这儿来，和他在一道吃晚饭呢？”姑娘不满意地用法语对母亲说。

---

① 法语：当这个娃娃讲罗马尼亚语的时候，真想一口把她吞下去。

② 蒂罗尔：奥地利的一个州。

这个打乱了她们计划的、可笑的怪人惹得妈妈比女儿更加生气，由于懊恼，她迁怒于邻座在一伙相当吵闹的人们当中愉快地消磨时间的一对儿。玛拉蒂夫人用纯粹的罗马尼亚语和她兄弟说话，为了让人听见，她说话的声音是足够响亮的。

“有些家伙真够不要脸的，死乞白赖地借了钱去，然后在饭店里，就在您身边胡花乱花，此外还要抽烟来熏您！”

被触到痛处的邻人恶狠狠地把香烟戳到烟灰缸里。玛拉蒂夫人透过金边长柄眼镜，打量了他好久，还是那么高声地补上了一句：“对任何人都不应宽纵，让他们知道自己的本分。”

母亲和女儿这天晚上到饭店里来，是打算在这儿和季米扬努会面的。她们决定，如果他今天邀请她们晚饭后到什么舞厅里去，她们就不拒绝了。觉得受到侮辱的玛拉蒂小姐得出结论，认为妈妈是对的：有钱就能达到任何目的。季米扬努并不算怎么了不起的富有，不过他毕竟是一个有利可图的对象。结婚以后可以在巴黎住上半年，请一个法语教师，那时候可能季米扬努就比得上她的朋友们了。如若不然，那对他就更糟。她将避免让他会见她那“一伙”人。现在事情至少要拖延一个星期，这都怨这个怪人，他的衣领那么脏，揉得像块抹布，袖口没有袖口的样子，从褴褛的翻过来的袖口里伸出一双骨瘦如柴的手来。

“你能不能悄悄地向季米扬努做个手势，叫他坐到我们桌边来？”老太婆对兄弟说，他和往常一样，正带着满腹心事的样子在抽烟。

“难道你没看到他不是一个人吗？”兄弟有他自己的计划，暗自幸灾乐祸地、庄重地回答。他坚决认为，宁可要个上了年纪的企业家。

“有什么大不了的，好像他就不能丢下这个白痴，让他一个人待上半个钟头似的！你总是找得到借口。”

“别做糊涂事，丽丽。如果你们同意的话，那么就向他提出条件，可是用不着事先表示好感。”

玛拉蒂小姐怀着好奇心仔细打量米哈依·奥普罗尤，仿佛这是一条不知怎样到了她面前桌布上的蚯蚓。

季米扬努想对留心听着他诉说的朋友表示谢意，以做作的亲热态度望了望诗人。

“是啊，顺便说说……有一段时间你爱上了一个女大学生……一个那么瘦小、皮肤黝黑的姑娘……她身上不知哪里让人觉得有点儿像绵羊似的……只是请你不要见怪——她的眼睛太大了。现在她怎么样了？”

米哈依若有所思地微微一笑。

“结婚了，几年以前。”

“嫁给了什么人？”

米哈依把迷茫的眼光停留在水晶高脚酒杯上，杯里盛满泡沫翻腾的透明液体，金光闪闪，色彩变幻不定。

“嫁给了铁库奇的一个年轻人，姓卡诺维奇。”

“这个卡诺维奇是个什么人？是个百万富翁吗？这可真是让人上当匪浅！”季米扬努用牙签在酒杯里很快地搅了搅，想让香槟酒里的气跑掉。“你承认吧，你伤心了？”

虽然米哈依仿佛觉得，似乎有一只瘦削的手揪住了他的心，但他故意用一种漫不经心的声调回答：“没有。她做得非常合理，再合理不过了。”

“你听我说，这你可不是在说真心话了！”季米扬努态度庄重地靠在椅子背上，这样说。“唉，这些诗人们哪，你们是些多爱装模作样的人！

我无论如何也不相信！”

看来季米扬努是真的感到气愤了，而这正是他进行尖锐抨击的原因——彬彬有礼一向是他的特点，无论是在妇女或部长面前，他都能应付裕如，稳操胜券。

其实米哈依说的也有几分实话。他不能容许一个他以全部诗人的热情恋爱着的姑娘看着他那穿破了的鞋子感到痛苦，而在每次接吻时都清清楚楚看到他那头发乱蓬蓬的后脑勺和肮脏的衣领。因此他以各式各样的借口逃避和她会面，虽然，说实在的，这个年轻的姑娘在场，会使他感到极大的快乐，使他的心情异常激动。

姑娘和米哈依一样，也是那么高傲，她知道他崇拜女性美，也懂得他的心情。没有基础的田园诗猝然中断了，有很久他们两人心中都充满了绝望。

米哈依想尖锐地反驳朋友的话：别人不相信他的话，这使他觉得生气，感到受了侮辱，然而他宁可沉默不语。他的天性生来如此。

往酒杯里添酒的侍者那副庄严的神情提醒谈话的人，他们的任务是喝酒。

季米扬努想让金发女郎看看，他们是多么要好的朋友，而且想引起饭店里的顾客们注意他这位其貌不扬的同学的优点，他举起高脚酒杯，用伪装出来的快乐态度欢呼：“诗歌万岁！”

朋友们碰了碰杯，侍者立刻又把水晶酒杯染成金黄色。

酒使他们心情愉快，谈话又活跃起来。可是季米扬努突然向朋友提出一个问题，这时他的朋友正在欣赏他那雪白的衣领下面结成玫瑰花形的漂亮领结：“亲爱的，我听到了什么事情啊！似乎是瓦西里乌求你给他的杂志写一首诗，而你为此向他要钱。说实在的，我甚至不愿相信有这么回事。我为你感到不好意思。”

奥普罗尤的脸一直红到了头发根，他羞怯地笑了笑，季米扬努说的是实情。不过他还是想在朋友面前进行辩解。

“不是，亲爱的。我不是为了向他要钱。你要知道，为了付房租和洗衣费，我不得不从隔壁邻居，一个档案管理员那儿拿些文件来抄写。邻居是一个正宗的老年人，他真心诚意地想帮助我。他给自己找一些能在家里做的工作，把其中一部分让给我做。再说，我还在翻译一篇轰动文坛的长篇小说，你明白吗？你说的那首诗，我花了整整两天时间才写完。我写诗是很困难的。足不出户，直到写完。于是我计算了一下，用来写诗的这两天时间能挣多少钱。我向瓦西里乌要的就是这一笔钱。”

奥普罗尤说话的时候，觉得自己立论的基础并不可靠。几分钟以前他认为自己是周围这个优美世界的一部分，现在却觉得怪难为情，好似一个极文雅的人说出日常生活中的一个用词——“羊奶干酪”。

季米扬努温和地责备他说：“好吧，好吧。不过到底是……真见鬼！诗也要花钱买！人生之中必须要有点理想主义。既然连诗人都背叛了理想主义，那你还能让谁去做理想主义者呢？”他深深地吸了一口哈瓦那的雪茄。“你要知道，我们的头脑可是被旁的事情占据了。”

朋友们又碰了碰杯。随后季米扬努把侍者叫了过来：“斯悌芬，你转告珍珍小姐了吗，你还记得我曾叫你做什么吗？”

“记得，老爷，一切都办妥了，”斯悌芬轻薄地得意微笑着，敏捷地回答。

突然米哈依·奥普罗尤感到十分恐惧，仿佛他的两脚落到了捕兽网里。

“你听我说，季米扬努……如果那位女士到我们桌边来……我，你要知道，穿得不太……”

季米扬努不以为然地说：“得了，亲爱的，莫非你认为我和诗人坐在一起，同桌用餐，会觉得不好意思吗？”他又抽了口烟，打开扁平的金烟盒，问道：“抽烟吗？再拿几支，以备不时之需。”

侍者一直在往酒杯里添酒，朋友们像通常在类似的场合里那样，谈起了学校里的同学，老师，天南地北，海阔天空。

“是啊，你记得那时候你遇到的那回事吗……”

“什么时候？”奥普罗尤问。

“一件不幸的事……我不太清楚，报纸上登出来的关于你的那件事。”

“这个，你知道吗，我由于不小心，用刀片划破了手。”（在这里诗人本来可以讲一讲，有一次，由于饥饿和贫困，他几乎失去理智，决定割断左臂上的静脉，可是弄错了部位，只割断了一根普通血管。不久他就被人发现了，当时他已处于昏迷状态。为了掩人耳目，奥普罗尤为所发生的事情成功地找到了一个合情合理的解释，幸而并没有认为他是自杀）

季米扬努久久地细心察看朋友面色苍白的脸，他双颊凹陷，小胡子和他头上没有剪过的头发一样蓬乱。

米哈依被这目光看得很不好意思，仿佛一群看不见的苍蝇搅得他苦恼不堪，对季米扬努的同情的问题“你为什么这么瘦？”他勉强挤出一句话来：“最近一段时期我在生病……不过现在……”

季米扬努微笑着附和说：“你们诗人们总是这样的。认为自己有病，好显得更加动人。”

已经相当晚了，小桌子相继空了出来。以前在大厅里不停地穿梭往来的侍者们，现在都聚集到一个角落里，金发女郎把手套拉到手指上，当舅舅在跟侍者结账的时候，她不时朝我们的朋友们仍然坐着的那张桌子那儿望望。季米扬努报之以懒洋洋的目光，竭力赋予他那双黑色的大眼睛一种痛苦的神情，并且用拳头托着下巴，故意让人能清清楚楚看到，他的小手指上戴着一只赤金戒指，分量很重的戒指上还镶着老大一块玛瑙。在他面前，扁平的金烟盒上放着一双皮手套，好似一对温和的小猫在那儿打盹。

米哈依继续仔细观看朋友那像玫瑰花蕾的领带，领带有一半被雅致的衣领遮着，长方形的领边一直垂到了胸前，生着一双淡蓝色眼睛、迷人的眯缝着眼的金发女郎和她母亲以及舅舅一起走了。

侍者得到了再给斟酒的命令。米哈依开始幻想起来，无疑，促使他产生幻想的，是金黄色的香槟，也是现在已经不在大厅中了的那些金黄色的卷发。奥普罗尤幻想着在这里可能出现奇迹，它将突然改变他的命运。他清清楚楚想象出这一奇迹的所有细节。

瞧，他的朋友这就要转身面对着他，有那么一会儿工夫，他望着自己前面，仿佛在寻找所需要的词句，然后用最自然不过的声调说："是这么回事，亲爱的，我赚了相当大一笔钱。现在我希望能有一点儿精神上的光辉……我坦白地告诉你，我不反对写爱国主义的诗歌，或者，譬如说吧，写写剧本。也可以试试看写点短篇小说，要不然就写个长篇。不过我并没有丧失幽默感，还不至于那么愚蠢，我很清楚，我缺少的是什么，我听人说你很有天才。而在我们国家里，天才可以赚大钱。我看得出，你不能劳动，不但如此，当你在街上徘徊的时候，死神随时都在跟踪你。所以我，一个深明事理而又正直的生意人，要向你买一点儿天才。我知道，成功的机会很小，不过，归根结底，所冒的风险也不是那么太大。就譬如说是扔掉三万列伊吧……假定说，最近一宗生意我少赚了三万列伊。其实我自己也不能确切地知道，在哪一宗生意里我赚了八万，是比该赚的多了呢，还是少了。归根结底，为一部长是值得花点钱的，就像为一局扑克花钱一样。”

米哈依沉醉在倒霉的人所特有的、天真的幻想之中，时而颤动一下，仿佛是突然看到一道明亮的闪光。不是吗，只要季米扬努从钱包里取出一些钞票——那么就像施了魔法，转瞬之间他的全部生活都将发生变化。高脚酒杯中透明的香槟关切地对着米哈依微笑。他看到自己在空气清新、阳光充足的山间疗养院的病房里，躺在雪白的床铺上，穿着温暖的、亲切爱抚着他身躯的内衣；他刚刚洗过澡，并得到了充分的休息。在这里他写作时轻松极了，一点儿也用不着强迫自己，因为用不着再做什么旁的事了。一个围着雪白围裙的姑娘用托盘给他送来了午餐，通常他要费尽心机才能在极其恶劣的咖啡馆里弄到一顿饭吃，而咖啡馆里有多少怒气冲冲的倒霉鬼和无赖汉哪。他在这里休息，一天天地养足力气，他的血液也在更新，眼睛里闪射出生命的火花，脸也渐渐红润起来。于是在一个春天的早上，当大地散发出嫩绿的野草的芳香，冷杉飘散着树脂的香味，这时他从这里走出来，肺里吸足了新鲜空气，腋下挟着一部手稿——在这里得到的珍宝……奥普罗尤深深地叹了口气。可能这一切已经离得很近了，就像在白桌布上十分显眼的、装满香槟酒的金色酒杯一样，那酒杯正在友好地，仿佛是在鼓励他们对他微笑，这不是，季米扬努举起了酒杯。现在他就要开口了，奇迹就要出现了。

饭店里几乎已经空无一人。两个裹在豪华的皮衣里的夫人经过他们桌旁，其中一个生着一张十分庸俗的宽脸，另一个是个黑发姑娘，一双乌黑的眼睛在长长的睫毛下闪着光，她的样子十分与众不同。

她在季米扬努身边站下来，把手伸给他，她的手和她的脸一样，也是雪白的、神经质的，皮肤那么薄，好似不知不觉开始凋萎的玫瑰花瓣。季米扬努以他特有的那种殷勤态度吻了吻她那温柔的小手，并且望望她的眼睛，随随便便地问："你是什么时候回来的，珍珍？"

那女人挺漂亮地炫耀她那头烫过的卷发和猫一般轻盈的姿态，回答说："昨天，妈妈……你呢？"

"已经有一个星期了。"

珍珍惊奇地望望季米扬努的同学，生意人赶紧给他介绍说："我的朋友米哈依·奥普罗尤，诗人。"

这产生了印象。一双大眼睛变得更大了。

"难道是诗人吗？好哇，妈妈……"

米哈依脸红了，就像有人说了侮辱他的话。季米扬努想要强调他对诗人的亲昵态度，理解地拍拍他的肩膀，甚至试图摸摸他的脸蛋。

"是个好小伙子……"

米哈依筋肉抽动了一下，仿佛肩膀受了伤。他的目光停滞，一动不动。心好似一只进行防御的刺猬，在那只保护他的手下紧紧地缩作一团。

诗人有特别敏感的缺点，他不能忍受别人对他表示怜悯、同情或态度亲昵。

但这时那个眼睛既聪明又充满幻想的女人完全出乎意料地反驳说："好在哪里？就好在看上去还不如一个被革出教门的人吗？对这些表示忏

悔的猫儿[1]，我可是清楚得很。”

怕听到怜悯言辞的米哈依轻松地喘了口气。

“你在这儿还要待多久？”女人对季米扬努说。

“暂时不走，这个星期还在……星期四晚上你上我那儿去吧，”季米扬努说话的语气，仿佛是赐予她什么恩惠。

“那么再见。”这一次季米扬努以舞台上的尊敬态度吻了吻她伸过来的手。

那女人一面继续和他说话，同时随随便便、轻佻地把一只神经质的、雪白的、温柔的手伸给米哈依，并不和他握手，而是把自己的手放在他的手里，放了很久。

“梅丽奥拉跟我说，你买了一辆新汽车……”

只是当她和季米扬努谈完了以后，才把自己的手从米哈依的手里抽了回去，调皮地微笑着瞅了他一眼。

等她走了以后，季米扬努认为需要以嫌恶的神情在 i 上面打上一点[2]。

“最漂亮的妓女。”

米哈依发出高声的疑问：“是吗？”他的朋友加上了一句：“难道你没注意吗？她就等着我请她到我那儿去。”

季米扬努说的是真话。然而米哈依还是对那个漂亮女人感激涕零，虽然她向他卖弄风情只不过是几分钟，可是对待他也和对待有钱的人一样。

季米扬努突然记起，就在不久以前他注意到米哈依脸上曾露出不满的

---

① 指靠妓女过活的男人。

② 意思是做多余的解释。

神情，于是困惑不解地问：“你待人接物的态度为什么那么拘束？你为什么这样腼腆呢？”

米哈依听着朋友讲话，用激动的目光望着他，惘然若失地微微一笑。有什么东西在他心灵里凝结起来，砰的一声关闭起来了，仿佛是一只黑色的大鸟敛起了它的翅膀。

他明白，他所希望的、像他想像中那个样子的奇迹是不会发生的。然而对非常事件的幻想使他的精神振作了起来。他喝干了他那一杯酒，满脸发烧，眼睛里流露出怀疑的神情，很快转身面对他的朋友。

“你听我说，季米扬努，我也希望有钱。让我做你的帮手吧。为什么我就不能做生意呢？……”

起初季米扬努感到不知所措——他觉得朋友的想法是那样荒谬，后来他威风凛凛、不容违抗地一口回绝了，就像一位首长拒绝录用一个前来求他的人，理由是后者的技能和所受的教育都不够格。

“得了，亲爱的，这不是你能对付得了的。你最好还是写你的诗吧，这是你干的事。你能写出什么出色的作品来。人家对我说，你很有天才，只是这么着，我想向你提出一个忠告。你要是也写点散文，那就好了。诗也挺不错，不过诗嘛，你要知道，只有我们，比较有审美能力的人才看得懂……无知的人喜欢散文。斯悌芬，结账！”

饭店已经空了。

侍者深深鞠躬相送，他们是最后出来的，一辆车内有灯光照耀、柔软的坐垫如同沙发一般的小轿车开到大门口。季米扬努客气地把右边的座位让给朋友。汽车微微颠簸，米哈依觉得昏昏欲睡。他觉得，好像是给他注射了安眠药。

他们在“爱丽托”附近下了车。米哈依想要告辞，但朋友留住了他：“咱们进去，一道喝杯清咖啡。这会儿才十一点半。”

“不错，不过我怕错过了电车。”米哈依记起了他居住的远郊黑漆漆的街道上一汪汪的水洼，记起了自己那双有破洞的鞋子，很容易把脚弄湿。

季米扬努立刻让他放心：“没关系。这个咱们会想办法解决的，让我们再稍谈一会儿。”

米哈依同意了，他希望会用汽车送他回家，并以这样的希望来安慰自己。朋友们走进一间摆着黑色小桌的房子：墙壁上蒙着呢子，镶着乌木护墙板，呢子上画着许多飞鸟，有黄的，也有鲜艳的淡紫色的。一个仪态优雅、留着大胡子的人走近前来，他穿着黑色燕尾服上衣，僵硬的胸部绷得紧紧的，上面围条干净围裙。季米扬努把侍者叫过来，用小手指上那枚沉甸甸的大戒指敲了敲桌子，这样一来，戒指就有了实际用处。

季米扬努心情愉快而且兴奋，他用舌尖尝了尝圆锥形杯子里油腻的绿色液体，说：“今天我真走运，简直和童话里一样！散戏的时候，我在剧院门口遇到了 N.。”他说出一个女演员的名字，她年轻，鲜艳，如同婴儿一般。

米哈依的胸中感到暖烘烘的，他的心像蜡像那样开始熔化了。

“N. 吗？”

有多少次他在剧院大厅深处用激动得湿润了的眼睛注视着这个青春年少、像孩子一样调皮的女演员啊，只要她含着春花般的微笑一登场，整个舞台就都似乎变年轻了。

在街上和她点头时，他体验到一种真正的快乐，但骄傲不让他承认，使他觉得高兴的，并不仅仅是消极地欣赏她那光彩照人的美丽。这有一部分是她的过错：就连一个素不相识的人向她点头，她也报之以那样迷人的微笑。

“她知道你会遇到她吗？”米哈依惊讶地问。

“还会不知道！我们在一道吃的午饭，什么都商量好了。”

米哈依神情沮丧，抑郁不欢，倔强地默不作声。他的思想犹如一团乱麻。季米扬努在仔细观看咖啡馆里的人群，他的朋友却惊恐地感觉到，不请自来的、愚蠢的泪水爬上他的面颊，他竭力想强忍住眼泪，于是气愤地动一动眉毛，咬住了下嘴唇。

已经很晚了。他们默默地互相笑笑，站了起来。

“你知道吗，你喝醉了的时候，真是可笑，”季米扬努不容反驳地说。

在咖啡馆门口，他站下来，把一百列伊塞到诗人手里。

“这给你坐车吧！”米哈依呆住了，他的朋友却为自己的慷慨而自我陶醉，高谈阔论起来：“我要跟你说……我亲爱的，以后永远也不要再为写诗向人要钱了。你简直不能想象，这会给人多坏的印象。最好还是来向我要二十列伊，或者你需要多少都可以。”

季米扬努这么说着，握了握朋友的手，他却茫然不知所措地微笑着。

米哈依不记得他们是怎样分手的，季米扬努友好地和他点头，他是不是还过礼。他默默地站在街心，再也忍不住的眼泪像温暖的流水滚滚地流了出来。他真想把心掏出来，扔掉，让这块血淋淋的东西在马路上乱滚。

海鸥之死

“卡普沙”饭店里的席间谈话通常是以贵族金努的盛情邀请作为结束：他轻轻抚摸着随便打了个花结的领带，好像是在捋着胡子，说道：“你听我说，朋友，上我那儿去吧，到杜高伊去住上一两个星期，回来的时候你准会变成另一个人……抛开你那嘈杂混乱的生活，让先生们替你照看着，会给你完整无损地好好保藏着的——你去吧，让你的眼睛欣赏一下大自然的奇迹，高高兴兴，让你的心灵获得新生。这儿什么都锈透了。那儿却是另一番景象……那儿是诗！当然啦，我指的不是那个小村子，也不是随便什么风景……干吗要说谎呢！多布鲁查还是从前那个样子……土壤是沙土，植物瘦弱，丘陵在下沉，还有覆盖着厚厚一层绿苔的沼泽……极目四望，到处都是沼泽。可是我那儿却是另一番景象。花卉，水果，树荫和清凉的水……三十种花卉……有一些我是根据法国和意大利著名的温室目录找到的……在我那儿能为你——‘贵族’拉迪玛找到一间幽静的房间，你可以幽居独处，在那儿作诗，而以后，这些诗准会收入文选的……”

现在拉迪玛已经坐在十四点五十五分开出的快车上了。拉迪玛并没有变……潇洒地朝上卷起的小胡子，仍然和1819年的模范步兵上尉一模一样，双层的硬领，硬旧的领带和雪白的宽袖口，他好不容易才从契白诺尤那儿弄到了两千列伊，好用来买一张二等车票，而且要多少留一点钱零用。他随身带一个金属扣环闪闪发光的漆皮硬纸板手提箱，里面放进了热拉尔·德·涅尔瓦尔①、埃德加·爱伦·坡②的作品和拉克劳③的《危险的通信》。不过现在他无心看书。他像一个去度假的孩子，望着车窗外面……他是头一次到多瑙河去，而他对它的了解只是凭着他童年的记忆。

他贪婪地细细观赏展现在他面前的画卷，半被遗忘的景象仿佛用真正鲜艳的色彩画成的画面呈现在他的眼前。拉迪玛的贫乏的地理知识并不妨碍他获得鲜明的印象。

列车风驰电掣、猛烈地隆隆轰鸣着驶过费德什特大桥，透孔编花桥栏杆穿过的高地仿佛在他前面打开了非凡美丽的天国的大门……一望无垠的多瑙河沿岸低地在他脚下伸展开来，贵族金努的沼泽遍布的沿岸低地扩大了观察者的视野，通常人的视野是如此狭窄，而现在无垠风光尽收眼底：水，土地，森林，沟壑，还有一座座白色拱桥飞架在一条条巨大的、急剧转折的大河支流，更确切些，是河流的分支上。这幅图画无始无终，如同一条道路，把尘世引导到宇宙之中；由于淤泥而流动迟缓的、宏伟的大水为这幅图画抹上了一层土黄色。拉迪玛凝神谛视，力图把一切都一览无遗：展现在他面前的大自然有如此深刻的含意，他仿佛感觉到，他和它已

① 热拉尔·德·涅尔瓦尔（1808—1855）：这是他的笔名，真名为拉布留尼。法国诗人，散文作家和剧作家。

② 埃德加·爱伦·坡（1809—1849）：美国作家。

③ 拉克劳（1741—1803）：法国诗人，政治活动家。

完整地、整个儿地融为一体了……就是在拉迪玛逃避现实、漫无节制地想入非非的时候，他也无法想象这样无边无际、如此辽阔的旷野：那里森林一片墨绿，是那样郁郁葱葱；草地晶莹透明，是那样青葱可爱；远看水流是那样清澈明亮，到了近处，却是那样黄浊，而在铁路近旁的泥塘里，又变成了绿色。

在这湖泊和森林仿佛悬在空中的陌生土地上，旅行延续了约莫一个小时，如果把安美依迪丝的空中花园[①]和这天然的美景并列，那前者只不过是被宠坏了的小小暴君为之付出高昂代价的无聊玩具而已。金努说得对：这里是地上的天堂，无论如何，就水和植物来说是如此。拉迪玛为这美丽的景色倾倒了，在他的全部余生以及他作为一位诗人而获得的永恒里，都将对它爱慕不已。

他原谅了贵族金努，因为他从沿岸低地过了那么多次，竟没有看到它们。

然而多布鲁查的景色不知有什么让他感到不安，使他陷入某种古老的、已被忘却的忧虑之中。在这高空中的、温暖的世界里，在大水的土黄色背景上，石头和屋顶闪耀着钢铁的反光，这儿似乎有什么不自然的新东西，和他直到目前为止看到过的所有东西都不相同，而同时又是熟悉的，虽然觉察不出来，像是回忆，又像是从虚无中发来的信号。仅仅向多布鲁查的大自然迈出这样的第一步，已足以使拉迪玛在自己身上发现了他今天的生存范围之内容纳不下的某种东西，因此有时只消两三句话或某种事物

---

① 安美依迪丝是传说中的巴比伦王妃。传说为她建造的“空中花园”是世界七大奇迹之一。

就足以使失去记忆的人恢复记忆。列车驶离了沿岸低地，附近大海的气息改变了自然景色。列车在沼泽化的盆地上驶过：轮廓柔和的低矮的丘陵，沿着盆地的边缘，仿佛一层一层正在蜕皮的砂质沟壑，都被笼罩在梦境里，而同时它们又在保护着它，如同这里的房屋在它们的四壁之内保护着一切生灵……洋槐沾着铁路，顽强地把根扎进沙土和硬邦邦的泥土里，它们那丛生的叶子好似用晶莹的绿色钱币串成项链……小块小块褪了色的草地，宛如一个个小岛，像微微发绿的地衣，这里那里从干燥、贫瘠的土壤里钻了出来。一直到沼泽和低地，多刺的灌木丛和高大的杂草迤逦不断。

在一个淹没在洋槐树荫中的小车站上，一辆套着两匹白马的敞篷轻便四轮马车已经在等着拉迪玛了……趁车夫安置他的手提箱时，拉迪玛坐到了四轮马车宽敞的座位上，他们驱车行驶了约莫半个钟头，一路上掀起白色的尘土，尘土仿佛具有某种魔力，使拉迪玛回忆起遥远的往事，白色的粉尘似乎溶化在白昼的光辉里，这使他感到激动不安。他们驶过一个小村庄，村里黄色的小茅屋都是长方形的，很矮，歪歪斜斜的小门通向窄小的台阶，一个个代替窗户的小洞上紧紧镶嵌着暗淡无光的小块玻璃。用石头马马虎虎堆成的低矮的田垄，代替围墙，把那些随处皆是、很分散的小院子分割开来，车夫用鞭子指一指隐没在树丛中的金努·丹诺尤的庄园，并且解释说，庄园后面的小丘上，那葡萄藤一排排排列得十分漂亮的整个葡萄园，都是属于贵族的。

“也全都围着石墙吗？”

“全部。所有三十四波高[①]，”那个肤色黝黑、脸盘窄窄的人证实

---

① 波高：罗马尼亚土地面积单位。

说……“您瞧，那不是水泥墙上插着的碎玻璃片，”说着挥了挥鞭子。

“你自己是哪里人？好像不是此地人吧？”

“我跟我老婆是打远处来的，从日乌河那边，贵族……这儿找不到本地人，不管是在仆人们当中，还是在葡萄园里。贵族瞧不起本地人。据说‘他们比鞑靼人还坏，又凶，又瘦弱无力，还没等你从赶车的座位上下来，他们就把鞭子都偷走了……’贵族金努可受不了他们。不过本地人也不喜欢他。都说他太小气，在葡萄园里给他干活儿，从来也不会让他感到满意。整天盯着他们。收获的时候，他从早到晚拿着杆枪走来走去，就像个宪兵似的。”

他们驶进了木瓦盖顶的高高的大门。马车停在宽阔的凉台前面，凉台附有一个由圆形石柱构成的拱廊。它的每个拱门底下都用细铁链吊着个像灯那样、盛着土的花盆，蓝色和淡紫色的矮牵牛仿佛从攀缘植物上，从花盆里蜿蜒曲折地伸展出来。圆柱之间的栏杆上嵌着油漆过的木槽，里面栽着天竺葵和吊金钟。贵族金努和格里高烈都不在家，他们钓鱼去了，想要在日落之前，当太阳像一个叶片宽阔的水磨轮子的时候，去碰碰运气。不过这时太阳已收敛起洒在盆地上空的金光，变成一个赤热的、橙黄色的双耳瓶，已经做好准备，眼看就要滚到山后面去了。

和金努热情洋溢的许诺相反，庄园和花园都叫拉迪玛感到失望。这是一种具有民族风格的布加勒斯特别墅的三等复制品，不知哪里有点像公路上米诺维奇的那所别墅，不过没有小塔楼，而且和地形一点儿也不协调。花园就其拥挤这一点来讲，好似一块墓地。林荫道纵横交错，所有其余的空间里都种满了花。各种花卉堆砌重叠，如同花圈上那样，就连灌木也已失去本来面目：丁香花刚凋谢，蔓生的夏季蔷薇已经急不可待地在花枝之间为自己开辟道路了。主人的用意是让一些品种的花被另一些品种的、颜色不同的花朵包围起来，万紫千红，汇成一片由柔弱的细茎嫩叶组成的迎风摆动的活的地毯。在同一个地方，每一个月应该开出不同的新花。一条宽阔的大林荫道通向小教堂和墓穴，阿金娜·丹诺尤就在那里长眠……这是一座石砌的拱顶小教堂，它比它自己的那些拱门稍高一些，按照霍列兹教堂的格调，四壁全绘满壁画；整个教堂上爬满了常春藤，栗子树阴暗的绿荫在小教堂顶上又形成一个拱顶，由于常春藤的关系，这绿萌显得更加阴暗了……透过一人高的直角小窗，可以看见一盏螺旋形的神灯，点在缀有银质衣饰的圣像前面。

拉迪玛看到了小教堂左面的纪念像，心情十分激动……大理石基座上矗立着阿金娜·丹诺尤的半身雕像，和真人一般大小……看不出个性，毫无表情，就像一张死者的照片。不过基座上还有三幅阿金娜的照片，是放大了、复制在石头上的，周围镶上了金边。一幅照片上，阿金娜的形象是一个小学生，围着黑围裙，雪白的衣领，以立正的姿势站着；另一幅上，金努温柔地搂着她的腰；最后一幅只有她的面部，一双老大的黑眼睛，目光奇怪地向前凝视着，似乎是两滴墨水滴在毫无光泽的眼白上，一张感情丰富的小嘴，唇边有两条细微的、痛苦的皱纹。根据这三幅照片，拉迪玛以他那不可思议的敏感完全真实地、感同身受地感觉到了这个人的悲剧……对这个痛苦到极点的女人，他心中充满了无法表达的、来得太迟了的爱情。几张普通照片有时比某些以绘画或雕塑的方法自以为是地“解释”一个人的生活，具有更大的真实性。

拉迪玛坐到纪念像旁用疏松的石头做成的一条长凳上，试图把整个花园打量一下，然而爬满鲜花的篱栅和一些铁丝架子时而挡住他的视线，许多最叫人意想不到的、盛开的鲜花，如同流水般从那些铁丝架子上流向四面八方。花园和葡萄园被一道由洋槐和栗树形成的天然墙壁隔开了，然而树干之间丛生的丁香灌木、毒莓和迷迭香又构成另一道绿篱，使人难以到达“墙”边。沿林荫道，无论往哪里看，都是石膏像，如同在墓地里一样。教堂对面，女仆正在一座用窄长的薄木板做顶的亭子里摆好桌子，准备开晚饭。

在等待主人回来的时候，拉迪玛上楼去，到指定给他居住的那间屋里，想要洗洗脸，清除一路上的风尘。借口诗人需要幽静独处，不让任何人打扰他，金努给拉迪玛指定了十间客房中最朴素的那一间，这间房子在宅邸的后半部分，二层楼上，从那里可以眺望葡萄园所在的那座小山。室内刷成白色，而且里面什么都是白的：白色的儿童沙发床，一张相当大的白色桌子，上面铺着白纸，免得无意中弄脏桌子……一把白色的藤椅和一把白色的椅子。一个用浅色木料做的脸盆，没有盖子，有两层钉在墙上的小小的搁板。上面一层上摆着一个大白盆，放化妆品的架子呈半圆形环绕着它。在它底下是一个有淡蓝边的白搪瓷桶，桶上有个漏斗形的盖子，到下面漏斗的末端形成一个苹果大小的小球，也是搪瓷的。旁边有两个水罐，一个很大，另一个很小，像个勺子。两条绕花长毛巾挂在围着脸盆的拱形木架上……墙上有一面半米长的镜子，没有镜框，用像块糖夹子样的金属夹具固定在一块木板上，看上去仿佛是用整块水晶做的。沿着一面墙壁放着一排摆满了书的书架。总而言之，房间是白的，如同医院里的病房。

日落时分，在金努·丹诺尤的这间小房间里，拉迪玛觉得自己心情舒畅，他已经有好久没有体验过这种感觉了。他好像觉得，从自己身上甩掉了一切苦难和日常生活中所有卑鄙污浊的东西，现在换上这身干净衬衣，同时自己也好似获得了新生，大概，一个到了医院里的士兵就会有这样的感觉。他坐在白色的藤椅上，从那儿望着万里无云的蔚蓝色晴空，天空下面是葡萄园，一排排葡萄藤挂成一条条直线。他窗下有一棵小杏树，由于落日的余晖，树叶微微颤抖，闪射着明亮的绿光，嫩叶色彩变幻，叶丛中露出的细枝看上去好似纤细的金条。稍远一点儿，一些高大的洋槐聚集在一起，由于树冠不大，现在看上去好像是一些棕榈。对他来说，什么都是新鲜的，新奇的。真个是万籁俱寂，城市里的噪音不知怎的一下子变得寂静无声，退回到回忆之中去了。当一个严厉的教师走进闹嚷嚷的教室时，情况就是如此，镇痛剂使疼痛变得迟钝，也是这样的情况。

金努·丹诺尤和格里高烈先生钓鱼回来了，他们穿着长筒胶靴，闪闪发光如同皮裤样的长裤，手里拿着装在盒子里因而像是雨伞的钓竿，还有几条网在渔网里的金色鲤鱼。和他们一道的还有一对年轻人，也都装备着渔具。

“啊，好样的，我已经不指望你会来了。一连两年只许下诺言……夫人，请认识一下吧，拉迪玛先生——布加勒斯特最可怕的记者。”

拉迪玛期待着给他介绍那对年轻夫妇，然而看来贵族金努认为，用不着为地位“不平等的”人互相介绍，所以只是把拉迪玛当作一种异兽向他们介绍了一下。拉迪玛怀着无法抑制的、渴望得到认真对待的心情——因此似乎连他那骑士式的小胡子都翘起来了——问：“夫人的姓名呢？”

大家都觉得很窘，金努不得不说出夫人和那位先生的姓名——罗马尼亚具有历史意义的姓名之一。丈夫是驻西欧某国的外交使节。

设在雕花木亭子里的晚餐，对于客人们是真正的享受，尽管席间有蚊子进攻：蚊子相当猖獗，虽然有把花园照耀得通明的两盏大灯笼和香烟引开它们。用鲤鱼做成了热气腾腾的沙司（做沙司只用腹部的肉，其余部分都煮成了鱼汤），还技术高超地加上了一些调料。鸡肝抓饭并未博得特别的赞许，不过加蒜汁调味的烤雏鸡却受到了热情欢迎——首先是G.夫人的欢迎，她试图为自己过分嗜蒜辩解，说了很多毫无意义的废话。用烤辣椒做成的色拉，放进嘴里就像黄油一样溶化了，辣椒是熟透了的，肉很厚，犹如巴旦杏一般……从城里弄来的大蛋糕，其实也跟冰淇淋和荷兰干酪一样，都未获得好评。然而布拉伊拉[①]油腻的葱味长条羊奶干酪却赢得了众口一词的称赞，其次是熟透了的、像拳头那样大的巴旦杏和红得跟苹果似的的李子，这些都是装在水晶大高脚盘里送上来的。葡萄酒有三种，不过最令人惊叹的一种是“穆法特拉尔”：最初酒香中有一点儿讨厌的苦味，不过很快就变成肉豆蔻的香气，最后却给人以喝精美的白兰地时，那样一种轻快的感觉。咖啡和甜酒送来了两次。

大家在谈论政治、金融，散布关于熟人的流言蜚语。G.先生给大家讲了几条“新消息”，约莫十点半的时候，方才散席。

“在这儿，我们习惯早起：工作多得很……”

拉迪玛回到自己屋里，为了从费德什特桥那边开始、在这里度过的这些不习惯的、无忧无虑的时刻，觉得对金努·丹诺尤怀有一种温柔的感激之情……他久久地站在窗前，一面抽着烟，一面呼吸花园和葡萄园里的香气……暗蓝色的天空中繁星密布。他仿佛是重新发现了天河：它宛如一片冠状白云，溅出许多条火河，把浩渺的夜空分割成了若干块。似乎还从来

① 布拉伊拉：罗马尼亚的一个城市。

没有这么多栩栩如生、亮晶晶的星星从空中向下俯瞰。拉迪玛一生都梦想着在乡村里有一所房子，即使只不过有这间小屋那么大，还梦想着有一个小小的庄园。和外国著名作家相比，他的贫困程度可要严重得多了，他们至少还可以出国旅行，譬如陀思妥耶夫斯基，海涅或尼采[1]……只有叫花子可以在贫困这一点上和他相比。出于崇高的想法，旁的作家们可能鄙薄能使生活还多少可以忍受的物质利益，他并不像他们那样，然而罗马尼亚社会却不允许诗人和一个颇有才华的记者，如果他正直、廉洁的话，哪怕是弄到一间乡村里的小屋和一件多余的换洗衣服……在绝望中他问自己，能忍耐多久呢？他甚至不能想象，这样不幸和贫困的直接原因就是他的正直、正派和决不受人收买……你看，金努・丹诺尤性情温和，像一个艺术家，他在自己的兴趣范围之内独具一格，是一切美好事物的鉴赏者。为什么那样猛烈攻击他、欺骗和掠夺他拉迪玛的那些人，对金努却连碰也不碰一下呢？金努，一个这么正派、待人这么温和的人，怎么能够不仅保住自己的财产，而且还能使之增值呢？为什么他拉迪玛不能自己，不能挣到按理有权获得的那么多呢？为什么那些办报的同人大发其财，而且能够在自己庄园的台阶上享受夏天的夜晚，能够向挣脱“庸俗”生活的心爱女人提供床铺或安乐椅，听任她来支配呢？诚然，自从他遇到了爱米丽娅，他的骄傲和固执有点儿减弱了。他以为，他就将这样永远留下来，作为“带家具出租的公寓”的房客。他已经四十左右，再重新开始生活已经迟了，生活似乎已被毫无希望地断送了，于是他对着这钻石般明亮的多布鲁查的夜空，无声地流下泪来。

---

① 尼采（1844—1900）：德国反动哲学家。

第二天早上他醒来的时候，发觉绿色木头亭子里已经摆好了早饭。白色亚麻布台布上放着几个托盘和几副餐具：一个盖着尖顶盖子、矮墩墩的大杯子里装着黄油，李子和桃子做成的红色果冻盛在一个水晶盘里，另一个盘子里是用巴旦杏做的金色果浆，一个玻璃小罐里装着蜂蜜。仆人端来了热牛奶和两个鸡蛋。什么都是白的，从未见过的鲜花使拉迪玛为之心醉，使他眼前焕然一新。他被告知，贵族金努已经喝过他早上要喝的咖啡，和格里高烈一起到葡萄园去了，其他客人还在睡着。

他请一个雇工送他到主人那儿去，他从老远看到主人站在一条宽阔、笔直的小路尽头。他戴一顶墨西哥草帽，穿着蓝色短上衣和好像用细绳编成的很结实的长裤，站在那儿，留神耐心地听着种葡萄的人对他解释什么。他们仔细察看叶子，互相比较一下，研究葡萄藤。对他的问候，金努延迟了一会儿才回答说："怎么样，睡醒了吗？没有看书？也没作诗？"

拉迪玛表示希望在葡萄园里四处走走。

"那么跟我们一道走吧，不然的话，狗会把你撕个稀烂。"

"你要知道，狗并不碰我……"

"哎——，这可不是你所想的那些狗……这些狗不咬人，它们立刻就把人撕个粉碎……你瞧戈高伊[①]，用链子拴着，还像发疯似的。"

一条有瑞士灵獒那么高的大白狗，身上的毛像熊毛那样浓密，正毫无希望地、固执地拉紧拴在铁丝网上的链子，它只能沿着这铁丝网跑来跑去……拉迪玛从金努那里得知，他有十六条同一品种的狗，都是雷希察[②]

① 狗名。

② 雷希察：罗马尼亚的一个城市。

的一个经理送给他的一对狗的后裔。

“为什么整天都用链子拴着它们？”

金努信任而又温和地笑了：“诀窍就在这里！如果你想有一条恶狗，那么就整天用链子拴着它，是这样的规律。”

“不错，不过你瞧，它多受罪呀……”

“有什么办法呢？它的使命就在于此。它应该吓唬那些二流子，不然的话，葡萄园就什么也剩不下了。在我还没筑起石墙的时候，一半收成都完蛋了……而且就是筑起围墙以后……他们偷偷地派些孩子来，都是比较身强力壮的，叫他们来挖洞……你无法想象，这些在鞑靼人窝里长大的家伙是些什么样的骗子……不过自从我的狗教训了一些人——那是两三年以前了——他们就再也不往这儿钻了。”

金努避而不谈，由于担心小偷，他故意在周围地区造成一个印象，说他是一个好猎手，无论使用猎枪或手枪，都是弹无虚发。有时也在月夜或没有月亮的夜晚当着雇工的面练习枪法——想让大家都知道这一点。

他们巡视了葡萄园中一大片地段。一串串葡萄还都是又绿又酸，看样子并不预示着将会丰收。葡萄园遭到了病害。然而果树却都被沉甸甸的果实压弯了。金努一直在向拉迪玛解释，他说得有根有据，使拉迪玛惊讶不已。

“你看到那棵树枝弯到地上的巴旦杏了吗？是我们这儿稀有的品种、奇迹……我是从普罗旺斯弄来的。”金努挑了一个大杏，把它掰作两半，让他看看很容易和果核分离的果肉有多么厚。“喂，你闻闻看……”飘散出肉豆蔻的香味。随后又看了 Bultet 红档，Reine Claude 李子，果实特别大的大梨。在一排果树边上，他让拉迪玛看一棵有锯齿形叶子的植物:“可惜你没尝过我的草莓。时令已经过了……它是德国品种,叫 Heue Hansa。”

G. 夫人吃过早饭以后,想去参观花园,这时金努显示出他对花的知识的热爱,使拉迪玛觉得,这简直是不可思议的。他怀着诗人的热情在讲述,怀着恋人的柔情轻轻触动那柔弱纤细的花茎。

“请看这里,夫人,”他指着一些大丽花说,它们比通常所见的花稍大一些,在本应是一束丝绒般雄蕊的地方,花瓣错综复杂地交织在一起,变得好像蜂房似的,花是蓝色的,带有金色的反光。

G. 夫人承认从来也没看到过这样的大丽花,仿佛体验到一种秘密的欢乐,金努稍沉默了一下,随后有点狡猾地微微一笑,使眼角上细小的皱纹由于欢乐而扩散开来,形成小小的扇面,他说:“这是西伐尔的品种。我希望您会原谅我职业上的自私,不过我不告诉您培育出这一品种的那个园艺家的地址,我认为,这个品种在我们国家里还没有人知道呢。”

G. 夫人调皮地微笑着回答:“钟情的人应该保守自己的秘密,而您,金努先生,是一位真正钟情的人。”

他们顺着中间一条林荫道向前走去,林荫道上绿荫如盖,两边爬满了常春藤,那叶子像是雕刻出来的,好似忍冬;他们走到一条海石做的长凳前,凳子前面有一尊石膏女像,这尊塑像拉迪玛不太喜欢。左边有一个花坛,里面栽着泪珠似的淡蓝色银莲花,四棵一组,组合成各种图形,形成一块植物的地毯,叶子呈淡火红色的秋海棠构成了地毯边,那花是绿的,闪着金光,十分漂亮,表面上有点粗糙,好似人工做的假花,G. 夫人赞不绝口。

“您的花园得占去您多少时间哟,丹诺尤先生!”

他用忧郁的目光看了她一眼，并以毫不做作的真诚态度回答说："不管这一切对我是多么困难，我却得到了充分的报偿……每当我来到这个天堂的时候，我就会忘记一切……我是个上了年纪的人了，有时成几个钟头地站在这儿，赞叹不已。花对我来说完全和家庭一样……请看看那些惊人的葵花（他指指种着一些很小的向日葵的花坛，花瓣是金色的，花心呈深咖啡色，像丝绒一般），您得承认，它们不是很迷人吗？"

G. 夫人当真在它们身上发现了"迷人之处"……但让拉迪玛大吃一惊，使他的惊讶变为狂喜——一个观察者初次发现美好事物时所体验到的那种狂喜的，是一长列花茎高而光滑、像芦苇那样的花，小铃铛似的花朵紧紧偎依在茎上，花的颜色好似红葡萄酒，靠近花心色调渐渐发生变化，闪耀着水晶酒杯的红光……一切都是那样柔和，新鲜，如同露珠一般，而在中间，是一颗仿佛充满激情的金色小纽扣，那么精致，那么脆弱，似乎只要看它一眼，目光就会把它碰碎。G. 夫人也感到惊奇，而且甚至好像有点惊慌失措的样子。G. 先生一直试图把一根被红花压弯了的花茎扶直，似乎他摆弄的是一个正要去参加婚礼的车夫的鞭杆。但金努·丹诺尤默默不语，脸上一副神秘莫测的表情，仿佛世界上只有他一个人知道这一秘密。

"可能，这使你觉得惊奇，拉迪玛先生，不过您现在看到的这种奇妙的小花，只不过是一种锦葵，在诗里，就是在它的旁边，您喜欢加上'雪白的'这一修饰语……我钦佩诗人的想象力——对这一点您可以根据我藏书中有许多诗集来做判断——不过有时，当诗人先生们提到花的名称，却不知道那花像什么样子，还往往强迫它们长在一般说来不能生长的地方。要么是让它们在上帝并没有指派给它们的季节里开花，遇到这种情况，我也不免觉得好笑。”

主人和客人们继续往前去了，拉迪玛却一直不能离开那些高高的花茎和红艳艳的、丝绒般的小铃铛。他懂得丹诺尤的讥讽，而且现在赞同他的意见，因为他在另一个世界里体验到了发现真花，而不是那些虚构的、脱离其现实生活的假花的喜悦。

不过在花园的结构中，不如说还是可以感觉到有一种意图：只是想把花园的所有部分结合成一个和谐的整体，因为不管花园多么小，但照料它还是得像照料一座大花园一样。林荫道并非总是笔直的，有些地方石头不够，于是匍匐生长的植物就急急爬到空出来的地方，像蛇一样绕在其余的石头上。富丽堂皇、繁花盛开的欧洲夹竹桃好似一些白色和粉红色的草垛，栽种它们的大木箱上油漆已经剥落，有些地方绿颜色也已经褪色了……拉迪玛走到一丛植物跟前，它们那扇形的叶子好似含羞草，他想知道它们叫什么，因为现在他已知道，这么说吧，花的身份或哪怕是名字一旦获得了合法地位，那么它们也是要确定自己的个性的……他在一个栽着很大的橙黄色唐菖蒲的高大花坛旁追上了同行的人们。

“可惜五月里，当丁香、金合欢、早期玫瑰和百合花盛开的时候，您不在这里……它们的芳香熏人欲醉……现在，只有到秋天才会有开得很美的玫瑰了，而百合呢，由于上帝的安排，只有等待来年了。”

“您说百合花没有了，可这是什么呢？”

G. 夫人指着一条通往左边去的小路说，那上面像天河一样，布满了一簇簇白色的繁星。丹诺尤狡猾地招手叫 G. 夫人过去。

“夫人，请您移步过来，在近处认一认这些奇妙的小花吧。请看看叶子，注意那些花瓣……看到了吧，它们不像百合那样，不是弯的，而是直的，跟星星一样……请您认识一下吧，夫人，在您面前的是一种甜香花草。”

“花这么大吗？”

“有经验的园艺家经过长期劳动能够创作出这样的作品，它再一次证明，花就是生命的诗篇。”

他们对繁星密布的小路又观察了很久，然后转向混杂在一起的——显然，金努也容许像这样自由生长——紫罗兰、翠菊、薰衣草、香豌豆，一行行的矮牵牛和形形色色不同品种的天门冬……但是有一种花以它隐藏在自身华丽之中的谜使拉迪玛大为惊异……它那挺拔俊秀的茎越往上越宽，最后形成一朵头状的花，颜色如同皇帝的紫袍，样子酷似精美的圆球，而且犹如卷曲的毛发，简直像是一颗花菜……丹诺尤把一朵有他手掌那么大的花拿在手里，于是圆球散开了，变成了淡紫色长毛绒的扇面。G. 夫人也不知道这是什么花，真应该用它去装饰公爵的银鼠长袍……金努略微沉吟了一下，解释说：“这是从一种平凡的品种培育出来的变种。拉丁文叫作 Celosia cristata，或者说，这并非别的，而是鸡冠花。”

心地善良而又聪明的金努使诗人认识了花的王国，拉迪玛，这个被放逐的、孤独的诗人，为此对他感激不尽。

“啊，夫人，如果您是在十月里来到这儿的话。刚好这个时候葡萄园充满了魅力：您现在看到的这些花到那时就都消失了，在它们生长的地方，将出现另一些花，现在它们正在地下等待着自己的时节来临。那时候整个花园里仿佛洒满白雪，要知道，我们这儿是菊花的天国……到那时最美的玫瑰花将要大放异彩。菊花是内人心爱的花，在十月的夜晚，好像觉得，她的灵魂就在这些菊花之间……而现在，夫人，请参观一下我们小小的温室……”

但拉迪玛沉醉在自己的想象之中，却留了下来，站在那有三幅照片的基座前面，陷入沉思。

拉迪玛不肯钓鱼……这种事情不合他的心意……他和大家一起坐上了马车，不过后来却把旁人留在岸上，独自乘小船向对面划去。

“嗯，是啊，钓鱼可不是一件容易事，”格里高烈先生对G.夫人解释说。“得有耐心和毅力……需要沉着冷静……”

“这是一所学校。锻炼性格的最高学府，”金努附和说。“这是培养意志。得好好地控制自己……能够过孤独的生活……美丽地对待人生……忘掉一切人，把自己的不幸搁在一边，丢开它一两天，再没这更大的快乐了……夫人，我敢断言，钓鱼源出于印度的瑜伽[①]。其中含有同样的人生哲理。”

“可我，”G.夫人坦白地说，“当鱼儿游近鱼钩的那一瞬间，我最着迷了，心跳得那样起劲，就像要从胸膛里跳出来似的……”

真的，当看到钓丝抖动的时候，她那样高声叫喊，仿佛被虾夹了一下似的。于是大家都惊恐地朝她那儿跑去……

“你们瞧，那里！”她激动地指指水上。

通常是两个朋友坐在一棵光滑的柳树干上，一个挨着一个，心不在焉地望着水面，等着鱼来吞饵。

金努总是系一条打着花结的黑领带，沉思默想地低着头坐着，侧影稍

---

① 瑜伽：印度的一种神秘性宗教哲学，主张静坐冥想，刻苦修行，以获得“超自然”的力量。

有点儿变形，好似一尊古典的雕像，鬓角上的皱纹呈扇面形，这使他的脸看上去更显得和平常不一样了。

格里高烈先生蓄浅火红色的花白大胡子，面色红润，身体结实，好像一个发胖了的修道院长，看样子，他似乎正在打盹儿。

拉迪玛坐在小船上，孤零零地在沿岸低地的王国里滑行。在芦苇和柳枝之间平静地滑行，似乎感到一种令人陶醉的魅力。淤泥很多的水越来越绿了……他划过一些不太深的洼地，弯下腰，躲过水上的藤蔓，并且在等待着……他自己也不知道在等待什么，但他好像觉得，在这不可思议的孤独之中，不可能不出现水中的精灵，另一个世界的使者。强烈的沼泽气味妨碍人的呼吸……他似乎觉得，有一个看不见的人正在跟踪他：有什么冥间的东西就在这沼泽的上空，它那让人觉察不出的面貌，无法和芦苇或柳树区分开来，也就像无法把蛇和叶子区分开来一样，一棵曾遭雷击的弯曲的柳树上，有一个张着大口的树洞，它突然燃起了新的孤独感。时而有受惊的小水鸭飞起来。然而那些大鸟仍然一动不动，仿佛是在提出挑战……一只黄喙、黄爪、好似黑鹰的鸬鹚让小船几乎一直划到了它的跟前。但拉迪玛却被引向湖心，他仿佛中了魔法，急急向那里划去。很费力地过了两条小河，倒下来的柳树、出乎意料弯弯曲曲的云杉林和匍匐生长的植物时而隔断河道，随后划过一条像走廊样短而窄的河汊，他突然看见了一幅罕见的画面。浩瀚的水面突然呈现在眼前，宛如一个大运动场，芦苇好似一带高墙，从一面环绕着它，另一边是一排柳树，粗壮的树干呈棕黄色。短柳枝像是一枝枝银白色的画笔，一簇簇嫩芽翘在膨胀起来的树干上，叫人不相信那是真的。

一些睡莲叶子从一旁漂过，它们的长茎钩住了绿色橡胶般柔软的黄檗树干，又大又厚的睡莲叶子呈匀称的几何图形，犹如一个个轻飘飘的圆盘，精致的睡莲花，好似生着金色花心的玫瑰，静静地躺在叶子上面，委身于孤独和太阳的怀抱里。为仙人们娇弱的脚轻轻铺开一张地毯。平静的水面有一半覆盖着睡莲，其余相当大一部分水域铺满了浮萍似的“小型”睡莲——沼泽睡莲——开着喜洋洋的橙红色小花，很像是野玫瑰。这是在各种鲜艳色彩之间展开的一场柔情脉脉的竞争，仿佛是被孤独渗透了的另一个世界里，各种不同声音在互相竞赛。这是一个植物陈列馆。拉迪玛放下他那条像棺材样的小船上的桨，开始等待着……有时平静的绿色水面上缓缓漂过一些异常清晰、仿佛有人提着的、细小的问号。那是横渡小河的鸭子的头。它们游得那么轻快，游过以后，平静的水面甚至都未遭到破坏……有的问号较高，并在自己身后留下一道银光闪闪的痕迹，这是水蛇匆匆地游了过去。现在拉迪玛深信，这湖和这陈列馆，他都已经看到过了，它们已经栩栩如生地铭刻在他的心中，留在他这个诗人的脑海里了。童年时他曾做过这样的梦：许多湖泊，一个叠在另一个上，形状一模一样、无边无际的广阔水域，不受透视法的支配。过了几分钟，太阳在云彩的画布上急速滑向西方，云把太阳均匀的白光分解成一条火红色的、五彩缤纷的孔雀尾巴，在那些被截短了的柳树树干之间开屏了。树影拉长了。而当还能看到这壮丽的空中景色的中心时，它好像是一团液态的钻石。巨大的幻影开始在空中舞台上为拉迪玛一个人演出一场哑剧，为巴伐利亚疯狂的国王——这唯一的观众上演的戏剧表演得那样紧张热烈。当阳光终于收敛起来，在身后留下宣告夜晚开始的阴影，拉迪玛坐着棺材样的小船回去了，这时他默默无言，仿佛脱离了这个世界。

他把好似变成了黑色的小船停在不远的地方，以免惊动钓鱼的人，然后走上干裂的土地。钓鱼的人坐得离洋槐那么近，洋槐叶子是银白色的，好似白杨，因此他们仿佛是隐藏在花丛里。拉迪玛默默地站在金努身边，而金努正在注视着浮子抖动。

“你不该不来钓鱼……对于像您这样受尽了城市折磨的人……这就好像是天赐的恩惠……”

拉迪玛沉思了一会儿，然后惶惑地微笑着说：“您要知道，我不能。这种事情是不正当的，不诚实的……要知道，鱼也是一种生物，您却在暗中窥伺着它……欺骗它……当水晶莹透澈，比方说，就像今天这样，我看到一条银光闪闪的小鱼，贪婪地在浮子周围游来游去，注定要送掉性命，这时我多想对它大喊一声：跑开吧，傻瓜，快离开这儿！如果坦白地说——我不喜欢这种使用诱饵的花招……这不高尚，有失贵族的身份。”

“这么说，渔网要高尚一些了？”金努大惑不解地问。

“那是另一回事……那里是斗争……而不是诱饵。那里没有对不幸的小生物的无法抗拒的诱惑……该怎么跟您解释呢：谁也没有滥用信任……再说，一个普通的渔夫也不会妄想得到贵族的称号。”

金努真心地哈哈大笑起来，稍后又讲给其余的人听，拉迪玛是怎样担心滥用了鱼的信任。

有时，午饭以后，大家玩桥牌玩到很迟的时候，拉迪玛就到田野里去，为他踏在这块带有亚洲风味的多布鲁查的土地上，感到满心欢喜。

在俯瞰沼泽的高原上极目四望，他看到丘陵上植被贫乏，峡谷陡峭的侧面露出撒落在上面的黄色黏土。

水分不足，土质坚硬，使这里的植物外表不太美观，还给它们蒙上了一层灰尘。在这块被暑热烤干了的土地上，由于缺水，果实在美观和大小上固有所失，然而它们所失去的东西却被它们暗含着的汁液、沙漠上的果实所特有的那种无与伦比的香味给赢回来了。正像在一方面的所失会变为在另一方面的所得；正像草原上的小马比养马厂里体格匀称的骏马更为敏捷，更有耐力；正像莱茵特苹果要比加利福尼亚鲜艳多汁的苹果味道好得多；同样，曾和干旱进行过斗争的果实，它的滋味也美得多，香味也格外浓郁。干草的气味经久不散，巴旦杏和苹果同时具有几种不同的香味，而干旱土地上的果实——西瓜、甜瓜、番茄——正是在这里获得它们固有的本质，而没有受到过多的水分的破坏。所向无敌的大自然的白光和它那短剑似的光芒，在石头、黏土和黯淡发白的叶子上折射回来，使植物在色彩上的损失得到百倍的补偿。由于太阳这样集中照射，这个地区的人被迫像植物一样，仿佛是匍匐在地上生活，因此在他们内心里蕴藏着无法抑制的、能够摧毁一切的激情。

有时回来得早一些，拉迪玛就坐在石凳上，望着阿金娜·丹诺尤的照片，一看就是几个钟头。他发狂地爱着她，对于那虽然没有过，但——谁知道呢——如果他们偶然相逢、却可能发生的事情，他怀着绝望的惋惜心情……在她还是个小学生的时候，他会崇拜她，听从她一切任性的要求，他希望，当她把书本放到一边，在书页中夹上书签的时候，他会成为她幻想的对象……希望了解她的一切忧愁……和她同乘一列火车，和她一起闹着玩，一同在山间的小径上攀登……现在他知道，她打网球打得非常好，喜欢贝多芬和肖邦的音乐，会弹钢琴……他也知道她是怎么死的。她关在楼上一间房间里，用手枪对准自己的心开了一枪……她似乎是想要惩罚他……他在纪念像上看到：“……阿金娜·丹诺尤，1880.4.17—1912.10.17。”这么说，这是在十月里的一个晚上……一个星期之中平常的一天，就像今天一样……那天是不是星期三呢？由于恐惧，拉迪玛颤抖了一下。可也许一切都是在星期六晚上发生的？……弄清是哪一天。这个念头那样强烈地吸引着他，以致变成了一个无法摆脱的、折磨着他的想法。

水的威严的魔力总是会对拉迪玛发生影响。还在童年时，他就常在幻想中醉心于无边无际、平静的水面，悬在空中的湖泊和间歇喷泉。每当在童话或神话中提到一望无际的水国，他的心就缩紧了，仿佛是有什么尖锐的东西碰到了他……而现在大海就在附近，这一想法对他来说就是催眠时用来使人进入梦乡的那个闪闪发光的小球。

“这很简单，”有一次金努·丹诺尤对他说……“你坐早上十点的快车到康斯坦察[①]去，在卡静诺林荫大道上散散步，在‘威尼斯’饭店里吃顿午饭，去看看港口，晚上坐六点钟的快车回来。马车送你到车站，然后再去接你。”

拉迪玛数了数钱，仔细刮过了脸，为了以防万一，带了一件雨衣，于是动身去和大海会面，就像去会见一位心爱的姑娘……他真走运，因为世界上很少有这样的城市，那里的海景像这样美丽，大海色调的变化像呈现在康斯坦察游客面前的那样，让人感到那么意外。这不是从街道尽头看到的湖泊的一角，只是在近处才好似扇面一般展开；这不是无边的一条带子，只是把田野或平原向前延伸了一些，在那上面涂了一层蓝色。这是意外地发现了另一个世界。列车刚一驶过巴拉斯的巨型贮水池，沿备用线、顺着斜坡向下滑行的时候，港口突然从右边出现了，它仿佛跌落进大平原的深处，港口里有许多船舶、桅杆、房屋和起重机，就像通常在图画和

① 康斯坦察：罗马尼亚黑海滨的城市，游览胜地。

版画上描绘的一样；但大海本身最初出现时却像一面镜子，那是港口碇泊场……只是在稍过了一会儿之后，被视力错觉搞糊涂了的旅行者才开始明白，那山脚下停着船舶、奇大无比的蔚蓝色丘陵正是大海本身，而他，这个旅行者，是上了色彩变幻的当——使蓄水池变得如同湖泊的耀眼夺目的淡蓝色和大海本身所具有的暗蓝色欺骗了他。初次看到的康斯坦察的大海似乎离天空很近，近得出奇。拉迪玛看到的大海就是这个样子，只是他不能想象，大海和天空怎么竟会如此惊人地、毫无阻碍地融为一体。

这些街道和林荫道上的一切，甚至连那些来休养的人不停地来来去去，以及他们的衣服，都充满了光和空气。石灰质的海岸三面环海，浩瀚的大海一片蔚蓝，色调浓郁，妇女们用自己的服装和独出心裁的阳伞为大海的蓝色和岸上的石灰色增添了几笔色粉画的色调，而这一切又都湮没在从空中倾泻出来的光辉里。

那些无所事事的男人们毫无目的地到处闲逛，他们一身避暑的打扮，穿着网球鞋，白色的长裤，束着皮带，上身是黄色的绸衬衣。在他们中间，拉迪玛觉得自己是一个毫无权利的人，是一个没有戏票溜进剧院里的人……过往的行人都不急着到任何地方去，他们知道自己将留在这儿，因此是在不慌不忙地闲逛。他却感到不安和急躁：在动身之前他得有很多东西。“威尼斯”饭店坐落在海港的上半部分，从布加勒斯特来的几个同事带他一同来到饭店里（顺便说说，他们是在午餐时间里唯一能找到空位子的人，那是专门为记者先生们保留的席位），看到那里那些向有权进入“堡垒”[①] 的行人亲切地自荐的女人，拉迪玛有一种甜蜜的痛苦感觉：从她

① 指妓院。

们太短的裙子底下无耻地露出赤裸裸的、晒黑了的膝盖，背部也裸露在外面，手臂仿佛是正在流动的沙蛇。

席间他谈起在金努·丹诺尤那儿看到的天国，这时，一份反对党报纸的一个同人，一个声音嘶哑的人，突然打断了他："他是个什么贵族啊，朋友？上帝保佑，可别让我们碰到这样的贵族！他从前是个军需官，是菲里阿什——狄尔古——日乌铁路线上一个站长的儿子。是谁提拔他做贵族的？"

拉迪玛不相信地听着他的话，不知道该说什么。和他谈话的人仍不肯罢休，继续怀着不可理解的愤怒心情说："可你知道，他的财产是怎样积攒起来的吗？他老婆跟骑兵团团长科马朗上校搞在一起了，金努就是在那里当军需官的……她抢光了科马朗的最后一文钱，那个倒霉鬼毫无别的办法，只好朝自己额上开了一枪……而这个坏蛋却细心经营自己的账目，不靠老婆帮忙未必会偷到手的那些钱，统统落进了他的腰包……顺便说说，那时他被开除了军职……"

拉迪玛听着，仿佛在向什么地方跌落下去。

和他谈话的人自己斟了杯酒，已经是稍微平静地接下去说："奇怪，你竟没听说过这桩丑闻。十一二年以前它轰动了整个布加勒斯特。可是这还不是一切……1912 年他开枪打死了他自己的老婆……逮捕了他……如果我没弄错的话，还曾经流放他，去罚苦役……"

另一个脸孔圆圆、面色红润、好似干酪商的人打断了他："得了，别提你的什么苦役了吧……他甚至都没有受审。案子了结了……那女的有神经病，开枪自杀了，她的亲属没能得到自己那份遗产，于是向法庭起诉，断言是他开枪把她打死的……打了六个月官司，案件就了结了。"

“是暗中了结了，”第一个人打断了他。“暗中给压下去了。因为他花了很多钱……”

“你听我说，我亲爱的，这件事情我记得清清楚楚，那时候有一份报纸在进行讹诈——这件事得到她亲属的支持——曾经派我到那儿去了解情况。那女的把自己锁在自己屋里，手里拿着一把手枪。金努·丹诺尤从葡萄园回去的时候要迟得多。自己把自己锁在屋里，你明白了吗？”

“你怎么不提证人们在你称之为进行讹诈的那份报纸上登出来的证词呢？他们说，虽然钥匙插在门上，而门是从里面锁着的，可是还可以从另一道门进入那间屋子。不错，那扇门已经不用了，不过那门上还是有一把钥匙，而这把钥匙却始终没有找到。金努·丹诺尤一口咬定，说它是由妻子保存着的，她大概是把它扔掉了，要么是丢掉了。是这样……如果你不知道，那就别讲。”

“你才不知道哪，竟断言他受到了审判，还杜撰了一大篇故事。”

“好吧，我有个建议。咱们去问问法庭主席：那时候他恰好在康斯坦察见习。要么去问问代表受害人一方出庭的奥尔尼恰努律师……”

但拉迪玛已经没有听了……一艘白轮船从灯塔旁经过，驶向开阔的大海……他不想再知道任何事情，不想再听到任何事情，也不想再作……他一动不动地望着前面，一面重复着：

Fuir! La bas fuir! Je sais que des

Oiseaux sont ivres

D’etre parmi L’ecume inconnu et les cieux![1]

随便什么都好，只是不要在人们当中……当晚上四轮轻便马车在月台出口处停下来的时候，他很快跳上车去，为了不要过早地偶尔碰到什么人，他仰身靠在靠背上，心灵受尽了折磨，于是他抽起烟来。他根据这三张照片认识了这位妇女，他那能重新创造世界的想象力赋予她如此明确的思想和那样强烈的激情，以致她——他感觉到这点——既不可能被人理解，也不可能是幸福的……结果竟弄得她要自杀——拉迪玛不相信关于自杀的无稽之谈——竟会使她，一个天性如此完整，毫无保留地整个献身于一切的一位妇女自杀，这些人该是多么狠毒啊！如果她自杀，那只是因为两个男人之中有一个对她来说是比生命还要宝贵的……她这样做，是不是为了和那个为她而牺牲了一切的情人分担同样的命运呢？……还是由于她对金努·丹诺尤的爱情纳入了自己的轨道，并毁灭了另一个爱她的人的一生？……可也许她自杀是因为金努·丹诺尤侮辱她、折磨她吧，起初他利用“神经衰弱的女性”极端强烈的爱情获得财富，而后来却不想容忍她留在自己身边，并决定把她赶走……

拉迪玛想，现在她大概也就是像他这么大年纪，因此他可以爱，并且可以成为在这座小教堂里长眠、遗骨安放在石砌墓穴中的女人的爱人……

四个钓鱼归来的渔人出现了，拉迪玛却仍然一动不动地坐在长凳子上，直到人家叫他。他一直无法确切回答，康斯坦察有什么让他喜欢的，甚至对精美的晚餐他连碰都没碰，而昨天，对这样的晚餐，他还怀着对精

① 法文：飞吧！往那儿飞吧！我明白，鸟儿们醉了，只是因为它们能在浪花翻滚的混沌世界和天空之间生活！

美饮食的抒情诗般的激情大加称赞。他一再暗自痛苦地重复说：每一个苹果，在它那诱人的表皮下面，在最里面的核心里，都暗藏着一个虫眼。

八月十八日，在G.先生和他的夫人动身以后，金努和格里高烈先生想起，要请他们的朋友——曼加里亚附近一个庄园的主人——来吃午饭，并决定，在打猎的季节开始的时候，到刚收割过的庄稼地里去转一转，给餐桌上增加一点野味，倒是挺不错的：照格里高烈先生的看法，这样去一趟，必定大有收获。马林向他报告说，有一群野雁向托着拉伊沙尔那边飞去了。他们细心准备好必需的东西，挤进一辆轻便马车里，也给了拉迪玛一个位子，因为他又想念大海了……直到吃午饭的时候，猎人们只碰到一些小东西，看来他们都相当生气。那群野雁仿佛已化作一阵轻烟，消失得无影无踪。只有拉迪玛一个人好似一部灵敏的仪器，在刚收割过的田野上空奔流不息的光的洪流里，感觉到了看不见的大海的辐射，他觉得自己就好像一组刚充过电的电池。

他们绕过一排很长的丘陵，顺着根据偶然经过的大车留下的车辙勉强才能辨认的道路，穿过一片田野，有时车辙会完全消失不见。只能根据电线杆来确定方向。诚然，金努·丹诺尤有一张标有道路的地图，不过只有他一个人使用它，而且是为了核对它是否正确，其余的人都知道这里的每一个转弯。他们经过了几个分布在通过县境的公路两旁的村庄，随后就又在乡间的土路上消失了。在路上他们碰到一个鞑靼人村落，看上去好像是一个已被烧毁、几乎从地面上消失了的小镇的废墟。低矮的土坯小屋都没有围墙，像鸡笼样一间一间彼此紧挨在一起，因此不可能分清道路是打哪儿通过。如果什么地方有个好像院子的轮廓，那么也只是垒起一道两三掌高的海边鹅卵石作为围墙，院子里没有草，只有发黑的泥土，仿佛被烧过似的，路上的尘土也同样是黑色的。干旱的王国。

他们停下来了：金努想要看看，这儿种的小麦是什么品种的。打谷场上，四匹骨骼宽大的瘦马套在一起，无休止地在兜圈子，似乎是在跳一种可怕的舞……但那并不是在做游戏。那是干旱地区自古以来为争取生存而进行的斗争。

在别墅里休息过以后，当一天快要结束的时候，客人们把轻便马车留在主人那里，动身到沿海低地的玉米地里去寻找野味。这一回他们带了一个熟悉地形的地主家的家仆。他们走过一块几乎没有耕地的高地，碰到越来越多的牧场，上面都只有一些像铁丝那么硬的、匍匐生长的野草。形形色色这样的植物都是在一小块干裂的土地上为了生存而进行斗争：飞帘花挤得紧紧的，好似一些皱纹重重、干枯的落地烛台，结的果实像齐墩果，但很小，而且是绿色的；一些多刺的灌木，上面长着一簇簇不大的长针，组成非常精致的花纹，仿佛是勾画出某种植物钻石的晶面……在他的旅伴们细心研究野蔷薇和艾蒿丛生的暗白色田野时，拉迪玛却凝望着天边，希望能看到大海的蓝色。有时他跌一跤，弄得鞋子里灌满尘土，他对此毫不在意，每转一个弯，都期待着会出现奇迹。“我很少有这么不走运的，”浑身汗湿的金努抱怨说。他是那样凶狠，甚至准备对着麻雀开枪了。拉迪玛却被一些田鼠吸引住了，它们在他前面不知疲倦地跑来跑去，而且总是跑到他们要经过的路上来，田鼠惊慌失措，本能地急忙跑向自己的洞穴，即使这得从人们的脚边溜过去。植物色泽暗淡，仿佛是被不受约束的太阳晒褪了色……不过细心观察的眼睛还是可以在叶子上落满尘土的艾蒿丛中发现一些那么纯洁、色彩那么鲜艳的花草，看上去它们真像是小小的奇迹。

有时，不是野草或多刺的灌木，而是其他植物获得了充分的力量，于是整整一块土地上就时而是亮闪闪的淡蓝色，时而是一片鲜艳的金黄色，仿佛下了一场金雨。拉迪玛想要知道这些花的名字。向导搔搔后脑勺，咬咬胡子，不知该说什么："管它们叫什么呢……花，先生，是花，不就完了吗。"

金努·丹诺尤温厚地改正他的话说："请认识一下吧，最亲爱的拉迪玛，那淡蓝色的，是诗人们喜爱的菊苣花，在那根倒下来的电线杆附近的，是毛蕊花……"

雇工疑惑地拧拧胡子。

"哎！要是这样的话，那是菊苣，那是毛蕊花，那边，请看，又是啤酒菊，又是黄花九轮草，还有多少旁的花呀……"他采来了几束，大家都惊讶地看到，在离他们两步远的地方有那么多种野花，都是那样互不相似，这简直叫人难以相信。"我是这么想，世界上有那么多花，哪能都记住它们叫什么呢！而且每一样都给它取个名字，咱们的话也不够用啊，再说它们又是一年跟一年不同。有一些被风吹了来，另一些叫风吹走了……谁分得清它们？上帝的花……"

突然，已经看惯了的、不整齐的地平线轮廓弯成一条匀称的蓝色弧线，好似钴的颜色，很不自然，因此观察者很可能把这突然看到的景象当作幻觉。大家都停在峭壁急速奔向岸边的地方，在蒙着一层灰尘的小丘上坐了下来：这儿有一些小灌木丛在为自己生长的权利进行斗争，它们生有构造异常精致的刺，好似编织成的水晶锥体的晶面。海占据了大半视野，它是那么真实，那么蓝，和钴的颜色一样，简直是不可思议。天边伟大的弧线如此完美，真是鬼斧神工，使拉迪玛感到震惊。越靠近海岸，淡蓝色的变化越大，虽然变化是不均衡的，比较近的地方变成透明的绿色，而在紧靠岸边的地方，却几乎变成了黄色。大海是不平静的，浪涛上漂着细碎的浪花，如同未融化的雪，被抛到这里或那里，巨浪如山，浪峰上戴着白冠，互相追逐着，在岸边直立起来，撞到岸上，摔得粉碎，于是在海滨浴场的白色沙滩上消失了。拉迪玛记起，在一首相当平庸的诗里，把三个和海岸平行的这样的巨浪比作神话中的半人半马白色怪兽，正在进行比赛，而他竟找不出更好的形象来形容它们。他又全身都感觉到，大海弯成了一条巨弧，直立起来，冲向具有钢铁般优良品质、岿然不动的天际线，这时拉迪玛发觉自己咬紧了牙齿，攥紧了拳头。实际上这是黑海上的一种特殊光学现象，如果你背对落日站着，观看大海，而大海又获得一种不寻常的色调，于是就会产生这样的感觉。左边延伸着一条黏土样的火红色峭壁。它一直延伸出好几公里，最后形成一个高高的海岬，钻进大海。现在它在落日的余晖中发出很亮的闪光。悬崖脚下有一条窄狭、荒凉的海滨浴场。

大海和海滨浴场之间毫无任何共同之处，尽管它们都具有鲜明的色彩，还有那干燥的高原和高原上的树木。仿佛有一道深渊隔开了两个世界。

金努观看大海时并不像拉迪玛那样一言不发、心情激动不安，而拉迪玛却怎么也说不出一句话来。

“是啊，朋友，谁要是没看到过大海，他就不能想象，自己心里有多少诗……你看，海浪摔碎的景象有多美呀，对我来说，就这样随便站着，赞美大海，再没有比这更大的快乐了。啊，如果你能在月夜里看到它的话。”他的眼睛几乎湿润了。“和一个女人一起坐着小船，听着岸上传来的音乐……真妙哇……啊，如果你在威尼斯看到过夜间的大海的话！”

格里高烈先生转身对着拉迪玛，轻轻抚摸着他那淡火红色的花白胡子：“喂，诗人，干吗不说话呀？难道大海不给你灵感吗？海嘛，你可是应该知道的。”于是若有所思地紧闭起肥厚的嘴唇，然后像做结论似的说：“只有多愁善感的人才了解大海。金努，我的朋友，你应该拿起笔来……你有天才……你准能教会别人也懂得大海的美。”

在离他们一公里多远的地方，从扎进大海的海岬那边，有一个白得耀眼的白点，顺着火红色的沿岸峭壁向他们急速飞来，不过不是在峭壁的阴影里，而是稍高一些，落日的余晖集中照耀着它……那鸟从容不迫地飞近了，它不是扇动巨大的翅膀，而只是微微抖动着它们，这样来支持自己的飞翔，它是孤独的，是从碧空中降落的、生有双翼的白衣使者，为的是来看一看下方的世界。

丹诺尤跳起来，举起了猎枪。格里高烈以轻蔑的口吻说：“可这是只海鸥哇。”

金努·丹诺尤只是耸了耸肩。

“今天我可是什么也没打到过。”

格里高烈先生并没有什么好反对的，虽然他好像有点儿不大痛快。

拉迪玛没有立刻听懂他们在谈论什么，这时他吃惊地咬了咬胡子。

“可是，金努，难道你要打死一只这样轻信地飞近我们的鸟吗？”

“别管我，朋友，别的不敢说，要说打猎吗，我可是比你懂得多。”

“不错，不过它是在朝我们飞来呀！难道能打死一个向你迎面走来的生物吗！”

“别说了……你会看到……”

海鸥抬起翅膀，在白沙和海滨浴场的石头上空加快了飞行的速度……落日的余晖柔和地照耀着，集中在白鸟身上，形成一圈光轮……金努·丹诺尤用他那双大而美丽的黑眼睛凝神注视着它，仿佛在对它施行催眠术。随后他瞄准了。拉迪玛愣住了，似乎是惊呆了，已经不再揪他那骑士式的小胡子了，他只是在想，如果没有什么奇迹让这只白鸟停止它安静的飞翔，那么每一秒钟都会以列车驶向被拆毁的桥梁的速度，加速一场惨祸的到来，就在这儿，就是现在，而这场惨祸就其意义来讲，和大地上出现第一个活细胞是相同的，但同时又是相反的。而就在他这样想着的时候，那已经开始了的事情不仅没有停止，反而在以加快的速度向前发展着。不知是属于谁的“我”，就算是属于这只白鸟的吧，将要被子弹撕裂——人们是知道这一点的——而这个“我”，仿佛是宇宙的一个中心，一个有生命的个体，正在不可避免地、轻信地渐渐逼近了。

拉迪玛极其热烈地希望会发生什么事情，海鸥会在它生命的最后瞬间掉头飞向大海。在落日的余晖中，峭壁投出很长的阴影，他看到，在三百公尺高的峭壁上有一些接骨木树丛，于是想，在最后一秒钟里，奇迹还是会出现的，就像在斧子已经举起来的那一刹那交给刽子手的一封赦免书……也许，一块石头的闪光会吸引那只飞鸟……然而海鸥越来越近，它那稍向下垂的白翅膀越来越看得清楚了，就像一个决定在海滨浴场上空无一人、一片洁白的时候，在落日的余晖中游戏一番的天使一样。

金努·丹诺尤紧闭起他那厚厚的嘴唇，在确定射程：他整个人都已化作急不可耐的等待。

“丹诺尤先生，如果您能消灭这只正在向我们急急飞来的鸟，那么世界上就再也不会有什么美了！……大地上也再不会有一本谈论人类诗篇的书了！”

然而即使金努·丹诺尤愿意，他也不能听从拉迪玛的劝告，因为他已经不是金努·丹诺尤了……他那如同善良的恺撒一般美丽的侧影被仇恨弄得变了形。眼角上扇面形的皱纹通常是意味着痛苦的，现在却好像弯曲的爪子，因为眉梢稍稍扬起来了。上嘴唇弯曲起来，暴露出支配着他整个生命的愤怒。似乎，拉迪玛的干预如同一种揭发，仿佛在新的、超出于感性认识的情况之下，两个真正的“我”面对面地碰在了一起，而在此以前还不明确的金努的决心，现在开始变得有点像残酷的迫害了。在这一瞬间，海鸥正飞到了他们前面……一声枪响，似乎是自动的，响得稍早了一点，因为拉迪玛用手抓住了猎枪。然而金努是一个神枪手，他打得太准了，决不会打偏的。在最后一分钟里看来好像很大的翅膀，有那么一会儿工夫还似乎抬了起来，仿佛子弹没有打中目标……可是，你瞧，只飞了十米的样子，海鸥就一个筋斗，像块石头似的跌了下来。

他们急忙向它跑去。它还在沙滩上跳来跳去，好似一只被割断了咽喉的雄鸡。当他们来到它身边的时候，它已经安静下来了。霰弹几乎切断了它那短而健壮的脖子。照猎人们看来，这是一只独一无二的海鸥。比鸽子大一倍，翼展超过一米。全身雪白，只有翅膀尖上有一点儿浅灰色。喙阔而长，好似一根很大的黑色手指，在它两边可以看到两条弯曲得各不相同、拉长了的裂口。它们宛如一张非常富于表情的嘴。弧形的脖子顶端是一个像鱼头那样小而结实的头，头上有一个唯一的装饰品：在柔软的白色羽毛上嵌着如同湿润的黑珍珠一般的眼睛。

他们想把它留在沙滩上，但拉迪玛把它丢到了波浪里，他久久地目送着它，当他回转身来，面对着其余的人的时候，金努已经控制住自己，不悦地责备他说：“你怎么，不能控制自己吗？要是去猎山羊，你该怎么办呢？”

第二天，拉迪玛决定坐九点三十分的火车离开。他坐在小教堂旁边的长凳上，抽了半个多钟头的烟，一面望着那三幅照片……他看到，在失去光泽的眼白的背景上，嵌着如同黑珍珠般闪闪发光的眸子，并试图体验这个满怀热忱望着他的妇女在生命的最后几分钟里的心情。他坐到另一个地方，但她的目光也很快跟着他移动，仿佛还在拍照的那一瞬间，它就已经在服从什么人的最高命令了。

还在昨天晚上拉迪玛就已经和那两个人辞过行了，因此，在车夫把他那个用压制的硬纸板做的咖啡色手提箱放到车后面的时候，他就坐到了轻便四轮马车上。车轮隆隆地响了，开始声音低沉，后来越来越响……马林用鞭梢指指沐浴在阳光中的高大石墙上的玻璃碎片："自从打雷希察弄了这些狗来，鞑靼人的日子就没法过了……"